I coralli

www.einaudi.it

ISBN 978-88-06-21319-0

Luciano Ligabue

Il rumore dei baci a vuoto

Einaudi

Il rumore dei baci a vuoto

Cane in ritardo

Stava facendo il morto. Con le orecchie immerse nell'acqua, non c'era altro che il rumore amplificato del suo respiro. Il sole, appassito da una certa foschia, lo colpiva comunque in faccia. Poi, il campanello esterno suonò a lungo, come se qualcuno l'avesse già premuto altre volte senza essersi fatto sentire.

Uscí dalla piscinetta e, senza nemmeno guardare, aprí il cancello con il telecomando.

– Non controlli mai chi è prima di aprire? – Busto, indolente, se ne stava immerso alla gola.

– Naaa, – rispose Tano. Quel centinaio di metri che avrebbe dovuto fare per dare un'occhiata a chi stava suonando lo aiutavano a, per cosí dire, concedere fiducia al mondo. Sua moglie gli passò davanti sul trattorino. Sorrideva mentre, fra le sue ginocchia, il figlio di Busto insisteva per tenere il volante.

– Ma guarda te: è Nicola, – disse una volta notato il muso di una jeep in ingresso. Il cherokee si avvicinò, l'uomo e la donna dentro salutavano già con la mano. Nicola parcheggiò fra la ghiaia e il prato, scese e raggiunse la piscinetta. Tano gli andò incontro con un paio di birre e lo abbracciò.

– Cosa ci fai qui?

Nicola si tolse la maglietta e si stese su una sdraio.

– Facciamo un giro al mare –. Bevve un sorso. Si guardò intorno. – Oh, mi raccomando, non fatevi scendere l'ernia eh, lavoratori.

– Cosa vuoi da noi, Vivimilano? È domenica, – fece Tano.

– Perché, tieni chiuso il ristorante la domenica?

– No.

– E allora?

– A pranzo ci pensano i ragazzi. Io arrivo per la cena.

– Hai capito come si muove il gualtieromarchesi di Cesena? – Nicola si era rivolto a Busto appoggiato coi gomiti sul bordo della piscina. Gli aveva strizzato l'occhio.

– Senti, ma lí si tocca dappertutto? – aveva continuato.

Il suo amico aveva risposto con un sorrisetto.

– Ma non c'abbiamo un bel mangiadischi che facciamo andare un po' di Gianni Morandi o Ranieri? – Nicola con un altro sorriso d'intesa.

– Dovremmo ridere? Le uniche cose degli anni sessanta qui intorno sono le tue battute, – rispose Tano.

Eccoli lí, pensava, già partiti a fare battutine sui soldi che non spendeva. Questa volta avevano resistito trenta secondi prima di cominciare. Va bene, era stato fortunato, e allora? Suo padre gli aveva lasciato una casa di tre piani, tirata su negli anni sessanta, quindi? Cosa ne sapevano di quanto ci voleva per la sistemata su cui tanto ironizzavano? Costava meno abbatterla e tirarne su una nuova. In mano loro sarebbe già stata ipotecata. La fortuna bisogna, poi, sapersela meritare.

Poco ma sicuro avrebbero presto fatto un'altra volta la battuta sul fatto che non si prendesse un giardiniere. Cosa ne sapevano quei due? Di quel picchio che aveva avuto il buon gusto di farsi la tana in un albero che, comunque, andava abbattuto. A lui stava bene sentirlo mitragliare nella pancia di quel tronco. Gli stava bene vedere tutte le fasi delle piante e dei fiori. Pisciare sull'erba mentre mangiava un'albicocca appena staccata. Ingaggiare battaglie di nervi con le talpe. Portare a tavola e nella dispensa del ristorante i risultati dell'orto. Riprovare ancora e ancora e ancora con i merdosi limoni che non volevano crescere.

Doveva essere lui a mettere le mani nel suo giardino, ma cosa glielo diceva a fare?

E poi, tanto per finire il repertorio, sarebbero passati anche oggi alle battute sull'arredamento del ristorante. Cosa volevano da lui? Era come glielo aveva lasciato suo padre, e allora? Era quasi sempre pieno, no? Piccolo ma pieno. Rinnovare cosa? Perché? Per chi? Il nome, dicevano, almeno cambia il nome. Ma *Ancora Azzurra* era quello con cui tutti lo conoscevano. Mi scusi, sa dirmi dov'è l'*Ancora Azzurra*? Chiunque avrebbe saputo rispondere. Solo uno scemo l'avrebbe cambiato, quel nome.

Va bene, la sua era una piscinetta, si toccava dappertutto, ma a lui guardacaso andava benissimo cosí. La volevano chiamare vasca? Prego. Busto non ci stava sguazzando dentro? E quel ganassa di Nicola cosa voleva? Uno che gira per Milano con una jeep che non riesce a parcheggiare mai, solo per guardare tutti dall'alto.

– Come sta? – Nicola invece, improvvisamente serio, si era rivolto a lui indicandogli Angela laggiú.

– Abbastanza bene, adesso, – gli rispose Tano, un po' sorpreso. Certo che per far divertire il figlio di Busto, pensò, sua moglie ne usava di benzina su quel trattorino. – Gli era molto affezionata. Sai, Blek ha vissuto con noi per nove anni. Comunque sono già venti giorni. Il peggio è passato.

Busto era uscito dall'acqua e aveva stappato una birra. La marca era quella di un supermercato. La indicò a Nicola strizzandogli ancora una volta l'occhio.

– Avete cominciato a cercarne un altro?

– Mah, io a quest'ora lo avrei già preso. Però, sai... – indicò Angela, – dice ancora che Blek non si può sostituire.

– Si dice sempre cosí quando ti muore un cane.

Nel mettersi seduto, Busto si ricordò che la ragazza dell'amico era ancora sulla jeep.

– Senti, ma cosa ci fa Martina ancora in macchina? Guarda che Busto non morde. Al limite si strofina sulla sua tibia.

– Ah già... Martina, – disse Nicola fingendo di essersene dimenticato.

Con una mano le rivolse il pollice alto, con l'altra la invitò a raggiungerli. Tano e Busto si chiesero il perché di quel segnale d'intesa. Poi videro Martina, sorridente, scendere con in braccio un batuffolo nero di una quarantina di centimetri. Sembrava vivace. Anche Nicola sorrideva mentre guardava il suo amico Tano rimasto lí, incapace di capire. Poi mise le mani a cerchio attorno alla bocca urlando Angela verso l'altra parte del giardino. Martina continuava ad avvicinarsi quando il batuffolo le saltò giú dalle braccia e, tutto sbilenco, cominciò a correre verso di loro. Il trattorino venne spento. Tano continuava a girare gli occhi dal cane a Martina a Nicola che continuava a chiamare sua moglie. L'affarino nero arrivò dritto ai piedi del suo amico che si piegò, lo prese in braccio e glielo mostrò.

– È un labrador. Me l'ha dato un cugino che ne aveva già abbastanza dei tre fratellini di questo teppista.

A Tano quello non sembrava un labrador.

– Credevo che i cani non ti piacessero.

– Questo sí, – disse Nicola alzandolo in aria.

Nel frattempo era arrivata Martina. Si erano salutati tutti. Si erano chiesti e detti come andava.

– Bello, eh? – disse lei indicando il cane e guardando Tano.

– Be', sí, – rispose. Aveva la sensazione che si aspettassero ancora qualcos'altro da lui.

– Ma, scusate, lo tenete in appartamento? A Milano?

Con il sorriso piú largo della giornata Martina prese il cucciolo dalle braccia di Nicola. Andò verso Tano. Gli diede un bacio sulla guancia, gli lisciò una spalla. Gli mise in braccio il cane. La coppia di amici, ora, faceva cenno che sí, quei due erano già una bella combinazione. Il padrone di casa se ne stava lí, imbarazzato, sotto gli occhi di tutti. Provava tenerezza per quell'affare che gli leccava la faccia ma non riusciva a non pensare che i labrador non sono cani da guardia. Sempre che quello fosse un labrador.

– Grazie, che sorpresa, – disse finalmente. – Piú tardi potremmo andare tutti a festeggiare all'*Ancora Azzurra*.

Nicola gli diede una pacca sulla spalla.

– Dimmi piuttosto dove tieni la canna dell'acqua, che mi ha immerdato l'intero abitacolo sta bestia.

Angela era arrivata con il figlio di Busto per mano. Nicola e Martina la salutarono a trentadue denti. Tano si girò. Lei poté finalmente vedere cosa suo marito stesse tenendo in braccio. Si mise entrambe le mani davanti alla bocca. Cambiò respiro.

– Pronto, Tano, come va?

– Ciao Nicola... come hai fatto a sapere che ero io a chiamarti... ah già il display. Io sto bene e tu?

– Sto da mulo. Se non faccio un po' di vacanza schiatto. Dimmi pure, giargiana.

– No, niente, era solo per dirti che il cane l'abbiamo chiamato Neve.

– Come Neve? Ma se è nero.

– Appunto. Per contrasto, capisci?

– Ah... per contrasto... Come sta Angela?

– Bene. Diciamo che sta già piú addosso al cane che a me.

– Se fossi costretto a scegliere farei cosí anch'io.

– Ah, senti, poi c'è un'altra cosa: non è un labrador.

– Come non è un labrador?

– Non è un labrador. L'abbiamo fatto vedere al veterinario e ci ha detto che non lo è. O meglio, lo è al sessanta, settanta per cento.

– Be', sessanta, settanta per cento non è poco.

– Non è poco ma non è abbastanza per chiamarlo labrador.

– Cambia qualcosa, scusa?

– No, però ci tenevo a farti sapere che tuo cugino ha una cagna labrador che, probabilmente, è stata montata da un terranova.

– Mi sa che a quest'ora se ne sarà accorto anche lui.
– Oh, passate a trovarci quando venite al mare.
– E voi se venite a Milano.
– Adesso, con il cane cosí piccolo, ci muoviamo poco da casa. Comunque se capita veniamo senz'altro. Ciao Nicola.
– Te saludi, Africa.

Neve si era saldamente piazzato al centro delle attenzioni di Angela. Il fatto che fosse un bastardo le faceva ancora piú tenerezza. Dai labrador aveva preso il lato giocherellone e ancora, in materia di affetti, non era un buongustaio: si dava totalmente a tutti. Figuriamoci a lei. Ma soprattutto era cagionevole di salute, il che glielo rendeva assolutamente irresistibile.

Tano seguiva un'altra linea sentimentale. Certo, non riusciva a non provare simpatia per i suoi slanci affettivi, ma quella bestia non era in alcun modo addomesticabile. Non si contavano piú le volte che aveva provato a insegnargli ad abbaiare alla gente che si avvicinava al cancello. L'unico risultato era di sentirlo ululare quando qualcuno se ne andava, una volta che era già fuori. Insomma, al suo meglio avrebbe dato un arrivederci ai ladri. E cosí, rispetto alla sicurezza in casa, gli amici di Milano in realtà gli avevano regalato un guaio. Di prenderne un altro, ora, proprio non se ne parlava e quello andava tenuto.

Le cose venivano anche complicate dalle devastazioni che Neve faceva nell'orto. Non c'era bastone con cui fargliela capire. E poi, per colpa sua, ogni giorno c'era un litigio con Angela. Suo padre aveva sempre cresciuto i cani ad acqua e sbobba e quelli erano sempre vissuti sani e a lungo. Perché il cibo speciale? Perché lo shampoo speciale? Perché l'osso finto speciale? Perché il collare speciale? Perché i biscottini? Perché il veterinario ogni due settimane?

– Pronto, Nicola, sono io.
– Uè, Tano, che aria tira a Cesena?

– A dire la verità aria un po' loffia di bassa stagione. Comunque il ristorante va benino.

– Insomma incassi, eh? Incassi… E dove la spendi tutta sta moneta?

– In buona parte va via col tuo cane.

– Come il mio? Il vostro cane.

– Sí, va be'…

– Spiega: cosa succede?

– Succede che si è messo a perdere il pelo a ciuffi, gli erano venute tutte delle chiazze. Siamo tornati per la centesima volta dal veterinario che proprio non capiva. Finché con che cosa se ne esce? Che Neve ha la rogna rossa.

– Oh, merda.

– Solo il termine fa senso, eh? Infatti stiamo molto attenti che non si sappia in giro, che va a finire che nessuno viene piú all'*Ancora Azzurra*. In realtà come malattia non è infettiva. Cioè non ho capito se fra cani se l'attaccano, ma di sicuro – il veterinario me l'ha giurato su sua madre – non contagia le persone. Ha anche detto che ormai è rarissima, anzi, lui pensava non esistesse nemmeno piú. Però il nostro cagnolino ce l'ha fatta a resuscitarla e prendersela. Comunque non è mortale.

– Be', meno male… almeno quello.

– E cosí siamo qui col cane tenuto in casa, pomate, medicine ficcate nella pappa, controlli dal veterinario… io che faccio l'amore con una donna che continua a carezzare un pelo affetto da rogna rossa e costringe pure me a farlo che se no il povero Neve non si sente amato.

– Mi dispiace.

– Figurati. Ah, senti, di' pure a tuo cugino che la sua cagna forse si è fatta montare anche da un cavallo perché suo figlio, qua, sta diventando enorme. Inoltre avvisalo che può darsi che abbia un po' di rogna rossa in giro per casa. Sembra che sia una malattia genetica.

– Cioè… non ci si crede… A parte questo come state, Tano?

– Come stiamo? Una meraviglia. Il cane ha qualcuno che pensa costantemente a lui, mia moglie ha una missione da compiere e io ho il libretto d'assegni sempre in mano.

– Mi dispiace.

– Questo l'hai già detto.

– Dài, vedrai che presto passa tutto.

– Alla prossima.

Quello a casa di Tano e Angela fu davvero un autunno particolare. Prima di tutto ci furono i ladri.

Era una notte in cui stavano dormendo da un paio d'ore quando Neve cominciò a ululare. Tano si infilò un giubbotto al volo, prese la mazza da baseball e corse giú ma non trovò nessuno. Il suo cane continuava ad abbaiare a qualcuno che se n'era andato. Per fortuna avevano svaligiato soltanto il piano terra dove c'erano quasi solo stanze ripostiglio. C'era anche l'ufficetto in cui Tano, con la scusa di fare i conti, se ne stava per i fatti suoi e lí, a dire il vero, avevano fatto fuori il computer, la tele e il videoregistratore. Ma era tutto materiale comprato di seconda mano diversi anni prima. Insomma, si erano dovuti accontentare di poco. Questo non impedí a Tano di infuriarsi con l'unico cane in ritardo in circolazione.

Poi ci fu quell'altro episodio di cui il padrone di casa non seppe mai niente. Angela se lo tenne per sé. Capitò all'ora di pranzo di un giorno in cui non era andata in ufficio per via dell'influenza. Suo marito era all'*Ancora Azzurra*. Stesa sul divano, cotta dalla febbre, a un certo punto sentí un rumore dal piano terra. Scese a dare un'occhiata e, nell'ufficio di Tano, trovò Neve accucciato ai piedi di una zingara che teneva in braccio una bambina. Il cane scodinzolava. La tipa la guardò prima duramente, poi le porse la mano a chiedere l'elemosina. Angela, spaventata:

– Se ne vada. Guardi che faccio scendere mio marito.

La zingara fece un sorrisetto. Sembrava sapere che

non c'era nessun marito in casa. Poi riprese l'espressione di supplica.

– Come ha fatto a entrare?

La mano col palmo verso l'alto.

– Esca subito o chiamo i carabinieri.

La bambina si mise a piangere. Sua madre cominciò a proferire frasi in qualche lingua dell'Est che avevano tutta l'aria di essere maledizioni. Neve non faceva che scodinzolare.

– Va bene, l'ha voluto lei –. Angela prese il telefono. Rimase per un po' a guardare negli occhi la zingara. Fece lentamente il numero dei carabinieri. L'altra non abbassò lo sguardo, la bambina che continuava a piangere. Al pronto che si sentí dall'altra parte chiuse la comunicazione, stava tremando. La tipa rimase a guardarla fissa ancora un po'. Poi si girò di scatto, andò a premere il pulsante che apriva il cancello – sapeva dov'era – e si avviò verso l'uscita. Angela corse su a recuperare venti euro ma, quando fu di nuovo sotto, il cancello era chiuso. Non c'era anima in giro. Neve adesso ululava.

Fu, soprattutto, un autunno trascorso in casa. La faccenda della rogna rossa non permetteva loro di uscire né di invitare nessuno. Per il resto, il ristorante procedeva bene senza chiedergli troppo e il giardino si allineava alla stagione.

La vera novità fu che Tano e Busto si erano messi a vendere oggetti su e-bay. Andavano per mercatini dell'usato ogni sabato e domenica mattina. Compravano di tutto: accendini, mulinelli, soprammobili. Poi mettevano ogni cosa dentro una scatola da scarpe ricoperta da un drappo di raso e, con la digitale, la fotografavano. Quindi, armati di dizionario d'inglese, cercavano di comunicare con gli americani mostrando al meglio la loro mercanzia. La cosa funzionava. Festeggiavano come bambini a ogni chiusura d'asta favorevole, anche se si trattava di pochi euro.

Fu durante un altro di quei sabati pomeriggio di movimento della loro piccola società che Angela rientrò con Neve dalla visita al veterinario. La rogna rossa era alle spalle da un paio di settimane ma, nel frattempo, il cane aveva cominciato a zoppicare. Tano era felice del suo minibusiness come quando, da piccolo, faceva affari con le figurine o con i giornalini. Sentí l'aria cambiare dal momento in cui sua moglie passò il cancello. Ebbe conferma delle sue sensazioni dal tono con cui, una volta entrata in ufficio, gli disse:

– Ti devo parlare.

– Pronto. Chi non muore si risente, eh, Tano?

– Ma cosa parli a fare che chiamo sempre e solo io.

– Purtroppo mi prendi alla sprovvista e al momento non c'ho neanche una scusa buona da tirare fuori ma se mi dài cinque minuti...

– O cinque giorni...

– No, dài, a parte gli scherzi sono stato davvero impegnatissimo. Comunque nei prossimi mesi vedrai che recupero. Come state tu e Angela?

– Stiamo.

– E... coso... lí... Neve? Gli è passata quella malattia?

– Ecco guarda, ti chiamavo proprio per questo. Il tuo cane, una volta guarito dalla rogna rossa, ha cominciato a zoppicare. Io dicevo non è niente, dài Angela. E lei, invece, ma come non è niente, non vedi come cammina poverino? Morale: arricchiamo sto veterinario, va'. Lui lo visita e sai che cosa viene fuori stavolta? Malformazione genetica degenerativa dell'anca. Cioè, o lo fate operare subito o perde l'uso della zampa inferiore destra. Indovina un po' com'è andata?

– L'avete fatto operare.

– Bravo. L'abbiamo fatto operare da uno di Parma. Cioè duecento chilometri per raggiungere il piú vicino fra quelli in grado di fare quel tipo di operazione. Ora siamo qui con il cane, fasciato a metà, che tutto il giorno vuole giocare e correre mentre noi glielo dobbiamo impedire per i prossimi due mesi. Proprio per questo abbiamo dovuto costruire una gabbia speciale, perché non si butti a capofitto in giardino. Costo: mille euro. Ah, a proposito: l'operazione ne è costata tremila.

– Eh, ma che sfiga...

– Ecco: parlando di sfiga, mi dici come capita che questo si becchi tutte le malattie genetiche piú strane e sua madre, la cagna di tuo cugino, quella che dovrebbe avergliele passate, non sembra denotare sintomi?

– Ok, Tano, adesso te lo dico: non c'è nessun cugino ad avermi regalato quel cane. L'ho comprato io. Avevo saputo di come Angela stesse male per la morte di Blek.

– Cioè, mi stai dicendo che hai pagato per buono un incrocio fra un terranova, un cavallo e un labrador scemo?

– In effetti quel pezzo di merda che me l'ha venduto mi ha fregato. Ci sono rimasto male quando mi hai detto che non era di razza. D'altronde è pieno di pezzi di merda in giro.

– Non solo, ti ha anche messo dentro, allo stesso prezzo, una compilation di malattie genetiche rarissime.

– Va be', dài, quella è sfiga e basta. Come fa uno a sapere di cosa si ammalerà una bestiola? E poi lo sai che non mi intendo assolutamente di cani.

– Ma come si fa?

– Come si fa cosa, scusa?

– Come si fa a essere come te? Un cane non si regala, riesci a capirlo? Il cane va scelto con calma, devi sentire che è lui. E poi devi prendere tutte le notizie che ti servono, visto che ci passerai insieme sette-otto anni della tua vita. Ma tu, bello bello, senza pensarci un attimo, non solo decidi di regalarcene uno, ma lo fai senza saperne la benché minima minchia facendoti ovviamente fregare. Però se fossero cazzi tuoi, pazienza, te lo saresti meritato, no? Il problema è che sono cazzi miei, quel cane lo hai imposto a me, lo capisci, vero?

– Fra tutti quelli che avevamo visto era il piú tenero. Ve l'abbiamo regalato veramente di cuore.

– Mi dovresti fare una cortesia, Nicola: te ne dovresti andare a fare in culo a sangue e tornare solo quando te lo dico io.

Passò anche quella. Furono due mesi difficili, ma passò. Angela, ormai, aveva messo Neve davanti a tutto. Quel cane sempre pronto a fare le feste nonostante tutti i guai fisici, la fascia bianca a coprire per metà il suo pelo nero. Quel cane da obbligare a star sempre seduto, da costringere a non correre, a non giocare.

Le poche ore che lo mettevano in gabbia ululava e guaiva tutto il tempo e Angela non resisteva piú e correva a liberarlo. E allora dovevano vigilare su di lui costantemente, costantemente cercare di farlo stare buono.

Quando ci pensava, Tano trovava che tutto sommato quella di vigilare era un po' una sua vocazione. Tutto procedeva come gli era stato lasciato. Il ristorante, la casa, il giardino. Il picchio continuava ad andare e venire. I limoni continuavano a non farsi vedere. Doveva solo controllare che non ci fosse qualche intoppo nel traffico. Tutto lí.

Comunque, appunto, era passata anche quella e, un quarto d'ora il primo giorno, mezz'ora il secondo e cosí via, avevano lasciato che Neve si scatenasse nel giardino. Pian piano, per il sollievo di tutti, il cane smise di zoppicare. Angela chiamò il veterinario per dirgli che era andato tutto bene. Prenotò la prossima visita.

Fu solo dopo una settimana che l'animale cominciò a posare male la zampa inferiore sinistra.

– Ammettiamolo, Angela, non è il nostro cane.

– Che cosa stai dicendo?

– Che è un cane sfortunato. Nato sfortunato, cresciuto sfortunato, probabilmente vivrà il resto della vita sfortunato.

– Quindi?

– Quindi non è giusto che noi due siamo costretti a pagare il prezzo della sua sfortuna.

– Non è che stai parlando del prezzo del veterinario e del chirurgo, vero?

– Dài, Angela. Non ti rendi conto di quanto la nostra vita sia condizionata dai suoi guai?

– Non so di cosa stai parlando. Abbiamo un cane bellissimo, affettuosissimo.

– Senti, io non li tiro fuori altri tremila euro per l'anca sinistra.

– Cosa consigli, allora, che ce ne stiamo qui a guardare fin quando non potrà piú usare quella zampa?

– No.

– E allora cosa?

– Di farlo sopprimere.

Angela provò a contare qualche secondo ma fu tutto inutile, la sua rabbia avrebbe avuto bisogno di ben altri tempi.

– Non ci posso credere. Chi sei? O meglio, chi sei diventato? No, anzi te lo dico io che tu non te ne sei accorto: sei un mostro.

– Attenta a non esagerare.

– Esagero? Io esagero? Come si può definire uno che riesce anche solo a pensare di far ammazzare una creatura come Neve?

– Io non ho detto di farlo ammazzare.

– Ah no? E cos'hai detto? Sentiamo.

– Ho detto di farlo sopprimere.

La rabbia diventò velocemente disprezzo.

– Non so come tu faccia a non provare un filo di vergogna. Neve verrà operato. L'operazione la pago io facendo tutti gli straordinari che serviranno. Vado io a Parma. Lo seguo io durante la convalescenza. A te non viene chiesto niente, va bene? La discussione è chiusa.

Due settimane dopo erano stati dal chirurgo. Tutti e tre. Anche quell'operazione riuscí. Nei due mesi di convalescenza del cane, Tano recuperò un po' con sua moglie. L'operazione l'aveva poi pagata lui. Cominciò anche a lasciarsi andare con Neve. Da buon vigile doveva preoccuparsi che il traffico scorresse. E nella sua famiglia, perché il traffico scorresse, doveva amare quel cane. Tutto sommato, ora, non gli costava nemmeno troppa fatica. Quell'animale era simpatico, quando non gli veniva di pensarlo tonto. E poi l'aveva preso come un investimento da ammortizzare. Nel giro di un anno soltanto gli era costato piú dei nove anni di vita di Blek. Ora sentiva che non si sarebbe piú ammalato e, in qualche modo, avrebbe ripagato negli anni a venire. Se non altro affettivamente. E poi c'era Angela. La vera certezza del flusso di traffico che era chiamato a vigilare. Cane compreso.

Adesso era maggio inoltrato. Il campionato aveva già detto la sua. Poco lontano si cominciava a preparare l'ennesima stagione turistica e gli effetti si sarebbero sentiti anche sul ristorante. Le temperature erano sopra la media, come se giugno non avesse saputo resistere. Avevano già riaperto la piscinetta.

Il giardino era al suo meglio. Neve era in salute. Stava mantenendo le promesse del carattere: era un cane fatto per giocare. Ogni tanto rovinava ancora qualche pianta oppure rovesciava il tavolino con sopra le bibite. Non aveva piú problemi con le zampe: camminare scomposto ed essere maldestro rientravano nella sua natura. Tano aveva imparato a tollerarla quella natura cosí inaddomesticabile, cosí incapace di seguire il flusso del traffico. Angela, dopo tutte quelle prove, si era avvicinata di piú a suo marito. Forse aveva la sensazione che adesso la famiglia fosse delineata, completa, comunque chiara.

Busto andava spesso a trovarli. Suo figlio durante l'inverno aveva imparato a nuotare, la piscina veniva particolarmente buona. Unico problema: il piccolo si spaventava a morte ogni volta che Neve gli si avvicinava. La cosa era comprensibilissima: piú o meno alti uguali, non doveva essere una bella sensazione quella di avere un muso di cane sempre di fianco alla tua faccia. E poi, neanche a farlo apposta, l'animale gli andava addosso ogni due minuti e ogni due minuti si dovevano vedere il bambino attaccarsi alle gambe del padre e Tano accorrere a cacciare Neve. A lungo andare saltavano i nervi ma né il figlio di Busto né il cane cedevano. Il primo non riusciva a tranquillizzarsi, il secondo non ce la faceva a giocare da un'altra parte.

Quel sabato pomeriggio erano lí. Il bambino sguazzava in acqua. Neve continuava a girare attorno alla piscinetta come a volerlo annusare appena possibile, ma il figlio di Busto si guardava bene dall'avvicinarsi ai bordi. Ogni tanto suo padre o Tano cacciavano il cane ma quello tornava subito dopo.

– Angela è fuori? – Busto era sulla solita sdraio.

– È con Serena al centro commerciale a farmi sanguinare la carta di credito. Scusa un attimo.

Tano afferrò il bastone di suo padre e corse verso Neve che stava facendo una buca nell'insalata cinquanta metri piú in là.

– Va' via. Va' via.

Il cane scattò di corsa a fare, come al solito, il giro della casa. Tano col bastone controllò i danni nell'orto. Alzò le spalle. Si girò e vide a bordo piscina Busto asciugare suo figlio uscito dall'acqua. Vide che Neve li stava raggiungendo. Si avviò in fretta verso di loro. Il bambino, come sempre, cercava di proteggersi dietro il corpo di suo padre, Neve non mollava. Dopo un po' il figlio di Busto sembrò finalmente calmarsi e affrontare la cosa. Si mise fermo con gli occhi chiusi. Il cane gli leccò un po' la faccia. Tano era arrivato da loro. Brandiva sempre il bastone di suo padre. Neve se ne andò. Busto, con sollievo, cominciò a vestire il figlio.

– Di' un po': ti scrive ancora quel Thomas? – chiese all'amico.

Il cane si era riavvicinato. Il bambino non aveva piú cosí paura.

– Cosa vuole da noi? Che rimborsiamo? Può capitare che un pezzo...

Neve aveva ripreso a leccare la faccia del figlio di Busto.

– ... si spacchi nel tragitto Cesena - Saint Louis eh eh...

All'improvviso il cane affondò i denti in una guancia. Il bambino cominciò a strillare, si attaccò alle gambe di suo padre che, a sua volta, urlava a squarciagola. Tano alzò il bastone.

– Lascialo! Lascialo! – Se lo avesse colpito, l'animale avrebbe staccato la carne.

Le urla si accavallavano. Nessuno sapeva cosa fare. Busto provava a spingerlo via, ma davvero non sapeva come togliere il cane di lí mentre sentiva la presa disperata di suo figlio terrorizzato: c'era un animale alto come lui con i denti piantati nella sua faccia. Tano continuava a urlare per l'impotenza di non poterlo bastonare. Neve restava cosí, senza emettere alcun rumore. Il bambino mollò la presa e cominciò ad afflosciarsi a terra. Nello stesso istante Neve mollò la sua, di presa, e come niente fosse tornò dove c'era l'insalata. Busto si gettò su suo figlio. Vide che respirava. Vide che i segni sul viso erano profondi ma non c'erano lacerazioni importanti. Pensò che forse con pochi punti di sutura si poteva sistemare. Si girò verso il suo amico in piedi di fianco a lui. Gli indicò il cane.

– Ammazzalo tu prima che te lo ammazzi io!

Tano se ne stava lí, inebetito. Il suo amico corse a prendere dei tovagliolini sul tavolo e con quelli tamponò la guancia del figlio.

– Ho detto: ammazza il tuo cane!

Busto prese in braccio il figlio e fece per raggiungere la macchina.

– Dove vai? – Il padrone di casa lo stava seguendo.

– Al pronto soccorso, no? Vai subito a far fuori quella best…

Tano, col bastone, gli diede un colpo secco sulla nuca. Il suo amico cadde svenuto. Il traffico adesso era quasi fermo. Buttò un'occhiata alla guancia del bambino. Con due punti si aggiustava tutto. Controllò l'ematoma sulla testa di Busto. Con il ghiaccio si aggiustava tutto. Diede un'occhiata intorno. Il cane continuava la buca nell'orto. I limoni continuavano a non farsi. L'acqua della piscina era particolarmente calma. Dietro la fessura di fianco al cancello non c'era anima viva. Meglio cosí. Non voleva che qualcuno lo vedesse piangere. Non voleva che qualcuno lo sentisse bisbigliare: circolare! circolare!

Livello: facile

– Quando fai cosí, Manuel, sei inguardabile. È pieno di piagnoni in giro, ma speravo di averla schivata con te.

– Non sono un piagnone. Devo tornare per le sette, tutto lí.

– Devo tornare per le sette... gnegné.

Manuel pensò che non c'era niente da fare, adesso era davvero incastrato lí in mezzo. Dietro di lui c'era il disonore vita natural durante, davanti chissà.

– Dài che i miei mi blindano in casa tutta la settimana. Non c'è niente lí dentro.

– E allora se non c'è niente di cosa hai paura? Senti cagone, io vado. Voglio vedere se son tutte balle quelle che dicono.

Quello che dicevano era che in quel parco e in quella villa, la villa del famoso Matto Bedini, c'era un mondo a parte. Strumenti di tortura, trabocchetti, tagliole, serpenti e tarantole, soffitti che si abbassavano, botole che si spalancavano, porte che si sbarravano.

E lui, il Matto Bedini? Si diceva che fosse gobbo ma fortissimo, storpio ma agilissimo.

Il signor Martelli, l'unico in paese a conoscerlo, era il solo a potersi avvicinare alla casa. Gli portava la spesa ogni tre giorni e gliela lasciava nel bunker ritirando i soldi e il biglietto con le prossime ordinazioni. Poteva farlo soltanto fra le sette e trenta e le sette e quaranta del mattino. Altrimenti anche lui, come il resto del mondo, si sarebbe beccato i pallettoni a sale o, peggio ancora, le zanne di uno dei tre mastini. Il signor Martelli aveva la consegna del totale silenzio rispetto al Matto Bedini, alla sua villa e al suo parco, e c'era da dire che, fosse per paura, fosse per motivi suoi, non aveva mai aperto bocca con nessuno.

Ma il piatto forte delle chiacchiere di paese era il cannibalismo di quell'eremita. Si diceva che all'interno del bunker frollasse cadaveri sotto sale. Solo qualche bambino di sei anni avrebbe potuto credere a quella storia, pensava Manuel. Certo che quel parco cosí fitto... quella villa cosí fatiscente... Forse era solo un problema di incuria.

– Se poi arrivo dopo le otto, mi tengono chiuso per un mese –. Manuel giocava le ultime carte ma senza contarci piú di tanto. Troppe volte avevano rinviato quel momento. Troppe volte l'avevano progettato. Bisognava farlo una volta per tutte.

Nello, intanto, aveva scavalcato il fosso ed era già nel parco perché, stranezza nella stranezza, attorno alla dimora Bedini non c'era alcuna recinzione. Si girò verso l'amico e gli fece ampi gesti perché lo raggiungesse. Dietro di lui si ergeva la giungla. Ai suoi piedi il tronco di un albero pluricentenario da poco abbattuto e segato in piú parti.

– Sono già le sei e dieci, non faccio in tempo. Torniamo un altro giorno, dài.

Ma dal parco il suo amico, esaltato, continuava a fargli segno di raggiungerlo. Non aveva scelta, se non avesse saltato quel fosso se ne sarebbe vergognato per la vita. Lo saltò.

Si acquattò contro un tronco. Ci vorrebbe un machete, pensò, per avanzare. Gli alberi, altissimi, erano quasi spogli ma la luce non passava ugualmente. Il suo amico, dalla pianta vicina, continuava a dire:

– Ci siamo. Ci siamo. L'abbiamo fatto.

– Va be', ce ne possiamo andare adesso?

– Non ci provare, fifone: il bunker e poi la casa. Lo sai bene.

Lo sapeva, lo sapeva bene. Finché si era trattato di progettare, era stato facile dire entriamo sia nel bunker che nella casa. Ora era tutta un'altra roba.

Diede un paio di occhiate alla villa. Finestre e porte, come sempre, erano sbarrate. Ogni volta che avevano pattugliato la zona le avevano trovate cosí. E se fosse stata disabitata? Messa com'era poteva anche esserlo, no? Ma se anche solamente il Matto Bedini non fosse stato in casa quel pomeriggio? Troppo bello per essere vero.

Nello era partito verso la montagnola. Quello che veniva chiamato bunker ci era stato ricavato dentro, o forse era stato tirato su e poi avevano fatto la montagnola sopra. Si trattava comunque della dispensa che i Bedini avevano fatto costruire un secolo prima. A detta di molti quello era il primo stadio dell'orrore. Lí ci potevano essere gli strumenti di tortura, lí avrebbero potuto esserci quarti di uomo, o di donna, lí il matto avrebbe potuto consumare i suoi pasti orrendi. Ma Manuel non aveva sei anni, quindi non arrivava a pensare a tanto. Certo, si diceva, perché proprio loro due dovevano andare a controllare? Il suo amico si muoveva a salti, chinandosi su se stesso dopo ognuno. Non poteva che seguirlo. Cercava di fare attenzione a dove metteva i piedi sperando di evitare gli animali di cui si diceva, ma quella era una selva inestricabile. Erba, erbacce, felci e sottobosco arrivavano al ginocchio. Poteva solo posarci un piede alla volta imponendosi di essere il piú leggero possibile, di non affondarci dentro. E poi pregare pregare pregare.

– Attento, i cani i cani! – gli urlò Nello.

Manuel si buttò a terra, terrorizzato, faccia in giú. Aveva dovuto scegliere fra le tarantole e le famose tre bestie con cui Bedini spartiva pasti umani. Non ci aveva pensato due volte, che venissero pure le tarantole e la facessero finita prima di quei cani tremendi e che lassú in cielo facessero qualcosa perché se usciva di lí avrebbe finito sempre i compiti prima delle cinque e lavato la macchina una volta al mese a papà e fatto la spesa per la mamma e buttato via la playstation che se solo ci pensava adesso avrebbe potuto essere a casa e strapazzarla come voleva semplicemente scegliendo il livello facile. Facile come per quei mastini annusare la sua paura e quindi trovarlo, ma non poteva farci niente e che punizione tremenda, in fondo non aveva ammazzato nessuno, era in un parco che non aveva nemmeno la recinzione, non se n'erano accorti lassú?

Sentí l'amico ridere. Si girò con la faccia graffiata dalle erbacce. Nello lo stava indicando spanciandosi. Attorno niente animali. Guardò la casa, nessuna reazione all'urlo dell'amico.

– Sei proprio un imbecille.

– E tu un coniglio, ma ti vedi?

– Parla piano, deficiente, che col casino che hai fatto è già tanto se i cani non sono arrivati davvero.

Nello si portò l'indice al naso e riprese ad avvicinarsi alla montagnola. Ora Manuel pensava solo a fare presto e ad andarsene una buona volta – sempre che se ne fossero andati prima o poi – da lí. Per cui accelerò il passo, fregandosene se cosí aumentava il rumore. Arrivò a sorpassare l'amico. Nonostante la fretta e l'agitazione non aveva potuto fare a meno di notare che su un paio di alberi erano state incise le stesse iniziali: *F C*.

Non sapeva come si chiamasse di nome il Matto Bedini e quindi non capiva se era una cosa che riguardasse l'eremita o se mai una coppia di innamorati coraggiosi si fosse spinta fin dove erano arrivati loro. Ora però era già di fronte al bunker e si era girato ad aspettare Nello con aria di sfida.

– Cosí mi piaci, – gli disse l'amico appena lo raggiunse.

Il bunker sembrava semplicemente una montagnola con una porta di vecchio legno massiccio.

– Hai visto? – chiese Nello indicando le iniziali *F C* intagliate anche lí sopra, in un angolo, in piccolo.

La maniglia era in ferro e sembrava proprio di un secolo prima. Va bene, ora c'erano davvero, si trattava di entrare: come avrebbero fatto? Manuel realizzò solo allora, con sollievo, che non si erano procurati nessun attrezzo per forzare un bel niente. Non sarebbero entrati e buona lí. Ma fece appena in tempo a rilassarsi su quel pensiero che l'amico, abbassando la maniglia e spingendo la porta, l'aprí, non era chiusa a chiave.

La vecchia dispensa era completamente al buio. Nello entrò senza indugi. Manuel aveva avuto il gesto istintivo di trattenerlo per il giubbotto, ma poi se n'era un po' vergognato e aveva lasciato l'amico infilarsi in quell'oscurità. La sua apnea continuava mentre, di qua dalla soglia, non sentiva alcun suono dall'interno del bunker e non riusciva a distinguere nessuna forma che lo confortasse in qualche modo o lo spaventasse del tutto e cosí sia. Niente rumori, niente sagome. Niente respiro.

Poi, di colpo, si accese la luce. Il suo amico sorrideva trionfante di fianco all'interruttore.

Il bunker altro non era che un cantinino di pochi metri quadrati. Confetture, pelati, pacchi di pasta, confezioni di merendine e di pane da toast, formaggi. C'erano, sí, ganci da macellaio ma reggevano salami, coppe e prosciutti, altro che parti umane. Una cosa era chiara: quella casa era tuttora abitata.

Presto Manuel notò un osso per terra, sotto il ripiano piú basso. Ebbe un breve momento di panico ma poi riuscí a pensare che sicuramente era quello di un animale portato lí da uno dei tre cani. Nello, intanto, si era avvicinato a un cartone e ne aveva estratto una bottiglia di vino.

– Gliela facciamo? Festeggiamo?

– Mettila giú subito, – disse secco Manuel.

Inaspettatamente il suo amico gli obbedí senza discutere. Poi gli si avvicinò e gli chiese sottovoce:

– Hai visto anche tu quell'osso?

Manuel sentí gelare nuca e schiena. Il fatto che anche Nello l'avesse notato ci poteva stare, ma che si facesse vedere cosí turbato...

– Sí, – gli aveva risposto guardandosi bene dal posarci gli occhi sopra di nuovo.

– Secondo te?

– Non lo so.

Nello spense la luce. Uscirono chiudendo la porta alle loro spalle. Ora faceva quasi buio. Piú buio, comunque, delle normali sere d'ottobre. Inoltre faceva freddo lí in mezzo. Il sole che non passava di giorno non aveva potuto fare il suo lavoro.

– Andiamo, – disse Nello indicando la villa.

Manuel aveva notato che in quell'*andiamo* non c'era piú tutta la sfacciataggine di prima. E adesso la rimpiangeva.

Ancora una volta si spostava quasi correndo, le tarantole le avrebbe calpestate, i serpenti non avrebbero fatto in tempo a reagire e quei tre mastini di merda facessero un po' come gli pareva. Se lo volevano pappare? Che venissero fuori e la chiudessero lí. Anche il suo amico andava di fretta, come non gli aveva mai visto fare.

Arrivarono sul retro della casa. Per un po' rimasero incollati al muro, riprendendo fiato e tendendo le orecchie verso le finestre.

Cominciarono a muoversi rasenti alle pareti ma con un occhio alla strada. Quella strada che avevano lasciato mezz'ora prima e che ora sembrava lontana e vecchia. Si chinavano ogni volta che dovevano oltrepassare una finestra ad altezza uomo. Manuel si accorse di schiacciare involontariamente il tasto x con cui, a casa, faceva rotolare il protagonista di quel gioco di spionaggio.

Finirono di fianco al portone principale. Nello guardò negli occhi il suo amico come a fargli capire che, se proprio insisteva, avrebbero potuto andarsene. Ah sí? Ora sí? Adesso Manuel voleva fargliela vedere: l'aveva portato fin lí e di colpo aveva paura? E poi lo conosceva quello, sarebbe stato capace di accusarlo di non essere andato fino in fondo e di dargli del cacasotto per l'eternità. Per poi costringerlo a tornare a provarci un'altra volta. Ma lí non ci sarebbe piú tornato. Non se ne parlava, la si chiudeva adesso, nel bene o nel male.

La nuova determinazione di Manuel dipendeva anche dal fatto che nessun cagnaccio si era fatto vivo e a quel punto era chiaro che cani, lí, almeno per il momento, non ce ne potevano essere. E poi dalle finestre, tutte ancora chiuse, arrivava solo silenzio. Quella casa sembrava proprio disabitata. Il contenuto della dispensa diceva il contrario? Be', allora era disabitata quella sera. E poi lo facesse vedere quel genio come riusciva ad aprire il portone senza nemmeno un attrezzo.

Ma ancora una volta a Nello bastò abbassare la maniglia e il portone si aprí. Di colpo Manuel era disposto a ritrattare la decisione di poco prima ma capí che ora era Nello ad avere cambiato idea a sua volta.

Si trovavano all'interno di un enorme salone. Per quanto riuscivano a distinguere nella penombra, gli oggetti erano parte d'antiquariato, parte hi-tech. Tutto era molto piú in ordine di quanto non avessero immaginato. Fortunatamente, però, nessun segno di vita. Nello con la testa indicò i gradini là in fondo. Si mossero costeggiando il muro interno e passarono di fianco alla cucina e al bagno di servizio. Nonostante l'oscurità, si percepiva che in quelle stanze c'era stato qualcuno fino a poco prima.

Ora che erano ai piedi delle scale Manuel non riusciva a non pensare a quanto fossero stupide quelle prove di coraggio. E a casa c'aveva Iss Pro 2, appena uscito e con solo due ore di gioco alle spalle. Però non filtravano né luci né rumori nemmeno da sopra, quindi avrebbe potuto ancora chiuderla da eroe senza conseguenze a parte la punizione per il ritardo. Salivano i gradini due alla volta, in punta di piedi.

Arrivati al piano di sopra furono costretti a notare che, da ben due porte, filtrava luce. Nello guardò in faccia l'amico. La paura sembrava finalmente vincere la stupidità o l'orgoglio o il bisogno di dimostrare chissà che. Visto che quello spiraglio si era aperto disse:

– Andiamo, dài, è solo uno che vuole vivere per i fatti suoi.

Nello guardò con rassegnazione le porte prima di girare loro le spalle, imboccare le scale e scendere. Subito Manuel si accodò pensando finalmente, finalmente.

Ma dopo i primi dieci gradini il suo amico ci ripensò di nuovo, risalí le scale e si avvicinò in un attimo alla prima delle due porte. La aprí appena. Infilò la testa. E poi entrò.

Era stato tutto cosí veloce che Manuel non aveva fatto in tempo a stargli in scia. Rimaneva lí, appena oltre le scale. Osservava quella porta, ora spalancata. Aspettava un rumore, un'indicazione. Ma non succedeva niente. Stramalediceva l'amico e intanto guardava le scale dietro di sé, e come fossero invitanti, e se quello era scemo in fondo non era colpa sua, le pagasse lui le sue scemenze. Aveva già fatto un paio di gradini all'indietro, procedendo a gattoni mentre continuava a tener d'occhio la porta, quando da quella tornò fuori l'amico. Ancora una volta gli faceva cenno di raggiungerlo.

In quella stanza c'erano un centinaio di sculture. Tutte di varie dimensioni ma ognuna sembrava raffigurare la stessa donna. Nello le stava tastando una a una. Avvicinava l'orecchio come se avesse potuto ricavarne qualche segreto. Manuel notò che in almeno tre casi le sculture raffiguravano delle gemelli siamesi e che in altre situazioni i corpi sembravano molto diversi fra loro ma il volto era sempre lo stesso. Nello lo stava guardando tenendo le braccia aperte e i palmi delle mani in su come a fare boh. Lui non sapeva cosa dire né pensare.

Ma il suo amico aveva già imboccato di nuovo la porta. Gli si attaccò, velocemente. Qualsiasi cosa li avesse mai potuti sorprendere, che almeno fossero in due ad affrontarla. Si stavano avvicinando all'altra stanza. Ora non c'era scelta: o il Matto Bedini era fuori con i cani e aveva lasciato un paio di luci accese o era lí dentro.

Quei metri non furono facili da fare. A metà percorso,

poi, successe una cosa che non avrebbe mai pensato sarebbe capitata in vita sua: Nello lo aveva preso per mano. Quell'incosciente che lo prendeva per mano? Il panico aumentò. Addirittura, appena giunti di fianco alla porta, i due sentirono di abbracciarsi. Poi decisero di fare quello per cui erano lí.

Spinsero adagio, e infilarono appena la testa. La stanza era lunghissima, quasi un corridoio. Pochissimo arredo, pochissimi oggetti in giro. La luce era tanta, però: il posto sembrava illuminato a giorno. Là in fondo c'era lui.

Era seduto di spalle e sembrava stesse modellando creta. Non era gobbo e, da quel poco che si vedeva, sembrava piú giovane di quanto non si pensasse. Indossava la maglia di Tardelli ai mondiali dell'ottantadue. Nella stanza c'era un silenzio irreale. I due si guardavano come per cercare spiegazioni l'uno dall'altro. Il Matto Bedini si grattò la nuca, imbrattandosela un po' di creta. Ecco cos'erano le altre macchie sui capelli.

D'un tratto, da lui, senza che si voltasse, si sentí:

– Hai portato le marlboro, Nello?

Manuel guardò il suo amico a bocca aperta e lui non gli lasciò il tempo di completare nessun pensiero: prima gli sorrise e poi, rivolgendosi all'eremita, disse:

– Sí.

– Ti dispiace lasciarle sul tavolino, per cortesia? – La voce del Matto Bedini era giovane e gentile.

– Lo faccio subito, – rispose Nello entrando nella stanza. Estrasse un paio di pacchetti di sigarette dalle tasche e li mise su un tavolino vicino all'ingresso. Ritirò i soldi che c'erano sopra.

– Tieni pure il resto –. L'eremita continuava a parlare da là in fondo senza girarsi. Il tono di voce aveva dentro una qualche specie di allegria.

– Grazie, – disse Nello mentre intascava una somma che era ben piú di un semplice resto. Poi tornò verso l'amico indicandogli, col dito sul naso, di continuare a tacere.

Manuel non aveva ancora chiuso la bocca. Le cose da pensare erano tante.

– Ci vediamo tra un mese, allora? – chiese il Matto Bedini da laggiú mentre continuava a manipolare la creta.

– Un mese esatto, – rispose Nello che poi, solo col labiale, disse all'amico: – Non è un gran fumatore. Una al giorno, piú o meno.

– Grazie, sei sempre molto gentile.

– Posso prendere una scultura? – chiese Nello.

– Prendi pure quella che vuoi.

– Grazie. Ciao.

– Ciao Nello, grazie a te.

Il ragazzo fece ciao con la mano, nonostante sapesse che il tipo là in fondo non l'avrebbe visto. Poi mise un braccio sulle spalle di Manuel e lo tirò con sé verso la stanza delle sculture.

– Scusa la messinscena. Era una tentazione irresistibile, – disse Nello a voce bassa ma con un sorriso e una soddisfazione che avrebbero voluto essere molto piú fragorosi. Il suo amico non sapeva cosa dire.

– Piú tardi ti spiego tutto. Per farmi perdonare, ti lascio la scultura. Scegli quella che vuoi.

Manuel sembrava un po' stordito mentre si aggirava fra quelle figure che ritraevano tutte la stessa donna. Troppe le emozioni tutte insieme. Anche se una vinceva: si sentiva leggerissimo. Certo che il suo amico piú tardi gli avrebbe spiegato tutto e avrebbe fatto bene a essere preciso ed esauriente e a chiedergli scusa altre cento volte. Si soffermò su una delle statue piú piccole. Era alta trenta centimetri. Un nudo. La donna era davvero bella.

Mentre usciva con quella in mano, Manuel si accorse che anche sullo stipite erano incise una *F* e una *C*.

– Stai dicendo che in quell'enorme pentolone stava bollendo qualche pezzo di essere umano?

Era ricreazione. Manuel aveva un po' di compagni di

classe attorno: il suo pubblico. Se la stava godendo. Non rispondere a quella domanda voleva dire incassare consensi.

– Balle, sta dicendo balle, – disse il solito Covezzi.

Lui non raccolse la provocazione e anche quello gli faceva prendere punti.

– Ma è vero che è gobbo e storpio e ha una bocca enorme? – Le facce dei suoi compagni erano stravolte o ammirate. Qualche scettico.

– Non lo so, l'ho visto da lontano. Credete che sia scemo?

– Ma quindi dici che ha fatto una statua per ogni persona che si è mangiato?

– Parla piano, stupido.

– Be'? Sí o no?

– Secondo me sí, – rispose Manuel con aria vissuta. Li aveva in pugno. Il suo pubblico pendeva dalle sue labbra.

– E quante statue hai visto?

– Circa duecento.

In parecchi succhiarono l'aria fra i denti.

– Io dico che sono tutte balle. Un cagone come questo qui, ma va'. Non c'è neanche arrivato a un chilometro dalla villa del Matto Bedini.

Manuel guardò con sufficienza Covezzi. Con calma recuperò lo zaino. Ne estrasse la statua.

– E questa, secondo voi, cos'è?

Tutti gli altri, guardandola con un brivido, si ritrassero un po'.

Covezzi la prese in mano, la esaminò come a cercare dati che confermassero o smentissero che veniva da quella casa. Non ne usciva niente. A parte le solite iniziali.

– E queste *F C*?

– Forse stanno per Fatti Cuocere o per Fuoco Cottura oppure Finalmente Cucinata, che ne so?

– Sí, oppure Figa Cotta. Ma sicuro. Oh, per chi ci prendi?

Il ragazzino continuava a scrutare la statua e ogni volta che Manuel faceva per riprendersela se la teneva dietro la schiena.

Poi cominciò a fare cosí piú per dispetto che per studiare la scultura. Cominciarono pian piano a contendersela. Partí qualche spintone. Arrivarono ad azzuffarsi.

Fra i ragazzi partí un tifo diviso a metà.

Nella concitazione la statua scivolò dalle mani di Covezzi, Manuel si lanciò, cercò di allungarsi con un piede per attenuarne la caduta, ma non ce la fece.

La piccola scultura, finita a terra, si ruppe in tanti pezzi.

Manuel guardò con disprezzo il suo contendente e poi cominciò a raccoglierli. In uno di questi trovò, incastrato, un biglietto. Lo estrasse con delicatezza, lo aprí e lo lesse. C'era scritto:

Ho sempre fame di te.

Pallidissimo, deglutí, mostrò il biglietto agli altri e cercò di dire:

– Visto?

Lo vuole vedere?

Se il professor Dalla Vecchia avesse aperto la lettera che la segretaria aveva messo sulla sua scrivania avrebbe potuto leggere:

Egregio Professore, non sa quanto mi costi scriverle queste righe. Ma devo farlo.

Mi costerà altrettanto insistere con la sua segretaria fino a quando sarò sicuro che gliela consegnerà.

Poi dovrebbe venire colpito da non so cosa che la convincesse ad aprirla e a non farsi scoraggiare dalla sua lunghezza.

Diciamo che se lei è arrivato a leggere fino a qui avrà capito che, se le scrivo, i miei motivi devono essere davvero validi.

Mi chiamo Alessandro Azzali e, se siamo fortunati, il mio cognome le può produrre qualche tenue reminiscenza: mio padre è stato suo paziente. Le garantisco che non sto facendo alcuna ironia. Sono consapevole del fatto che il suo mestiere la mette in condizione di affrontare troppi casi per poterne ricordare sempre i nomi o le facce. Sono altrettanto sicuro che per poter procedere al meglio, sia come essere umano che come chirurgo, le sia necessario non condividere piú di tanto il dolore di tutte le famiglie che ripongono speranze spesso disumane nelle sue possibilità.

E allora, dirà lei, se non ho colpe di questo tipo da imputarle e se non la sto per ringraziare per qualcosa – e il tono di questa lettera le avrà già fatto capire che non sarà cosí – starò per ricordarle qualche suo errore di chirurgo? Nemmeno quello: l'operazione che lei fece a mio padre fu la migliore possibile.

Sono costretto a raccontarle un po' della mia storia personale. Lo faccio perché, mi creda, è qualcosa che si lega all'utilità di questa lettera.

Mio padre si chiamava Antonio Azzali. Aveva deciso di chiamarmi Alessandro perché voleva che avessi, come lui, le iniziali doppie: diceva che portano fortuna. Era nato in una famiglia povera. Aveva cominciato a lavorare a otto anni. A diciotto ha conosciuto mia madre, a ventidue l'ha sposata, a ventiquattro ha avuto me. Sono il loro unico figlio. Non ce la faceva a lavorare sotto padrone per cui ha impiegato tutta la vita nelle piú strane occupazioni. Non ha mai fatto niente di veramente illegale, tante volte proprio sul filo, ma erano tutti peccati perdonabili. In qualche modo doveva pure farci mangiare. Mia madre viene da una famiglia contadina. Si era messa la tagliacuci in casa e contribuiva come poteva. Ogni tanto andava a fare le pulizie da qualche conoscente. Tutta roba in nero. Come si poteva altrimenti?

So quasi di sicuro che mio padre negli anni ha tradito piú volte mia madre e forse, anche se mi sembra meno probabile, è successo pure il contrario. Ma se li avesse visti insieme... Credo di essere abbastanza oggettivo nel riportarle la qualità e la forza speciali del loro stare insieme. Perché la mia sensazione è confortata da quella di un po' tutti quanti in paese. Erano una coppia piuttosto popolare.

Avevano affrontato tutte le prove che una famiglia piena di debiti deve affrontare. Ma avevamo una casa nostra. Avevano deciso, con molta sofferenza di mia madre, di non avere altri figli per non fare mancare niente a me. E facevano salti mortali perché io potessi studiare. Mi hanno permesso di laurearmi in architettura. Ora, a trentasei anni, godo di una discreta fortuna professionale. Tutto quello che sono riusciti a fare l'hanno fatto insieme. Tutti i giorni.

Certe famiglie capitano. Non era cosí a casa dei miei amici. Non mi sembrava fosse cosí a casa dei conoscenti che via via frequentavo. Chissà, forse anche lei è stato fortunato, o bravo, ed è cosí a casa sua.

Mi viene da pensare che, a questo punto della lettera, lei possa essere irritato dal clima un po' deamicisiano che può avere percepito nel mio racconto. Però non solo la storia che le sto raccontando è la pura verità ma sappia che io, da questa parte, trovo piuttosto sminuente raccontare la vita di mio padre a cosí grandi linee.

Anzi, visto che ci sono, continuerò ad annoiarla ancora un po'. Non per sadismo, ma perché credo che ogni tanto non le faccia male conoscere la storia di chi è passato sotto i suoi ferri.

Tre anni fa erano entrati nella villettina che gli avevo progettato e regalato. Per tutto il tempo in cui l'hanno abitata avevano come paura di sporcare o di segnare qualche muro. Mio padre lo diceva sempre e a chiunque che suo figlio gli aveva costruito la casa che voleva. Invitavano sempre gli amici. Non ne uscivano mai. Era stata la ripartenza dopo la coda di un periodo particolarmente difficile. Se la sono goduta meno di un anno.

Forse troverà sorprendente, dopo tutto quello che le ho detto, che io e Antonio abbiamo cominciato ad andare d'accordo solo sei anni fa. Non c'entrava l'amore tra padre e figlio. Quello c'era e basta. C'entrava la diversità delle nature, il modo differente con cui uno si relaziona col mondo, la generazione d'appartenenza. C'entrava il testosterone, la competizione inevitabile. Insomma, come dicono, c'entravano probabilmente Freud, Edipo e compagnia bella. Io e lui abbiamo cominciato a parlarci davvero solo dopo il suo arresto cardiaco.

Antonio veniva da quattro-cinque anni di comportamento irreprensibile. Gli avevano trovato il diabete? Be', lui, mangiatore spettacolare, si era adeguato da un giorno all'altro alle dosi e alle rinunce richieste. Gli avevano detto che i suoi polmoni erano marci? Be', sempre da un giorno all'altro aveva smesso i suoi due pacchetti al giorno di gauloises fumati per trent'anni. E ora, dopo anni di rinunce e attenzioni, il suo cuore, ironia della sorte, si fermava? Comunque, logica o non logica, giustizia o non giustizia, era andata cosí. Ed era stato un colpo forte, uno di quelli per cui ti dicono che sei fortunato se vai avanti.

E mio padre andò avanti modificando il proprio modo di vedersi, di venire a patti col mondo, di fare conti diversi con la morte. Fu proprio la sua nuova vulnerabilità che aprí le trattative del nostro armistizio. Lui ascoltava di piú, apprezzava meglio il mio modo di essere presente. E questa cosa cambiò il mio modo di esserci. Cambiò tutto. Dal giorno in cui Antonio ebbe l'arresto cardiaco al giorno in cui morí passarono quattro anni. Quasi millecinquecento giorni di prudenza, cure, visite, ma anche di vita. Fu grazie a quella proroga, ad esempio, che poté conoscere il suo unico nipote: mio figlio. Lo vide nascere, lo tenne sulle ginocchia, ci giocò per quasi tre anni. Non è poco, vero? Vero! Com'è vero che avrebbe potuto essere molto, molto di piú.

Ora finalmente arriviamo a lei, professor Dalla Vecchia. Piú o meno due anni e quattro mesi fa mio padre finí sotto i suoi ferri. Eravamo arrivati arrabbiati con la scienza, con la medicina, con il destino o chi per lui. Nonostante i controlli costanti a cui Antonio si sottoponeva quasi quotidianamente per via del diabete e del cuore, nessuno gli aveva diagnosticato per tempo il tumore all'intestino. La sua dottoressa minimizzava quell'anemia che si continuava a rilevare nelle analisi del sangue. Anche l'aspetto di mio padre parlava chiaro ma si continuavano a incolpare cuore e diabete.

Non è giusto che si pensi che qualche dottore non dia il meglio di sé? O non sia abbastanza capace? O compia errori come chiunque? Allora ci risultava difficile non fare pensieri del genere.

Comunque a quel momento, dopo controlli approfonditi, erano stati trovati il tumore e una serie di macchie al fegato, nella tac, che potevano anche essere cisti. Queste sono le condizioni in cui ci siamo conosciuti, professore. Io, mia madre e mio padre con il cuore in gola per l'operazione – già di per sé rischiosa in un paziente con quei problemi – e per l'esito della malattia. Se per caso il mio racconto dovesse averle fatto venire in mente qualcosa, io sono quello che lei prese da una parte, prima di entrare in sala operatoria, e a cui disse che sí, c'erano rischi in quell'intervento, ma era comunque necessario e poi, solo dopo che lei avesse *aperto*, avremmo saputo se la malattia si era diffusa oppure no. La tac rilevava soltanto formazioni oltre i due centimetri circa.

Uno che fa il suo mestiere lo sa senz'altro come stanno i familiari fuori dalla sala operatoria. I minuti che diventano giorni. La lettura ansiosa di qualsiasi segnale al passaggio di ogni infermiere. Credo che ognuno a suo modo preghi. Chi crede in qualche dio perché gli viene naturale. Chi non crede perché... Perché no? Gli irriducibili si affidano ai piú strambi riti scaramantici pregando cosí qualche forza che non hanno identificato. Io e mia madre facemmo l'intero percorso per tutti i centotrentaquattro minuti dell'intervento. Per me, poi, c'era la complicazione di doverle trasmettere una fiducia che non sentivo. Poi lei, professore, uscí. E ci terrei molto a ricordarle cosa fece.

Venne dritto verso di noi. Sul suo camice campeggiavano gli schizzi di sangue di mio padre. Teneva ancora la cuffietta sulla testa. La mascherina abbassata sul collo. Ci disse, e qui la prego di fare attenzione:

– Lo volete vedere?

Le ripeto con calma la frase che lei pronunciò una volta di fronte a noi:

– Lo volete vedere?

Non disse altro. Glielo lasci ricordare da uno che ha fin troppo presenti quei minuti. Sia io che mia madre dicemmo di sí. Certo che sí. Quella sua frase per noi voleva dire che l'operazione era riuscita e che, ci sembrava incredibile, potevamo già vedere Antonio. Era ovvio che lo volessimo.

La seguimmo in una stanza adiacente alla sala operatoria. Era piuttosto buia nonostante fosse di primo pomeriggio. Attorno non c'era traccia di mio padre: forse era una stanza che dovevamo attraversare.

Raggiungemmo insieme un angolo con un piano, un lavello e un bidone. Sul piano c'era una bacinella che lei ci mostrò: era piena di budella. Nonostante il mio sconvolgimento ricordo perfettamente tanto la mia incredulità quanto lo stordimento di mia madre.

– Ecco, – lei ci disse mostrandoci una parte verdastra e nera della carne, – questa è la formazione tumorale.

Mia madre sbiancò. Io ancora non riuscivo a credere che lei ci stesse mostrando la parte di intestino che aveva asportato a mio padre.

Dentro di me rimbombava la sua frase:

Lo volete vedere?

Com'era possibile che non si fosse preoccupato di specificare l'*oggetto* di quella frase? Com'era possibile che si fosse già dimenticato che noi eravamo rimasti indietro rispetto a quello che lei sapeva? C'è davvero gente che in quei momenti vuole vedere bacinelle con dentro parti putrefatte di propri cari in fin di vita?

Intanto lei andava avanti facendo scorrere con sicurezza fra le sue mani guantate quella parte che non era piú di mio padre.

– Vedete? Questi purtroppo sono tutti noduli –. Ce li mostrava facendo ogni volta il gesto di sbottonare qualcosa. Mia madre era sotto shock. Io ancora oggi non lo so. Le formazioni di cellule sbagliate che stavano privando mio padre della sua vita.

Lo volete vedere?

– E purtroppo le metastasi sono diffuse un po' ovunque. Le ho sentite anche nel fegato. La mia esperienza mi dice che sono un po' dappertutto.

Mia madre finalmente cominciò a strillare. Io non avevo il tempo di riordinare le idee e di farle qualche domanda. Lei ci aveva già detto mi dispiace, aveva già vuotato una parte di mio padre in quel bidone e si era già avviato verso l'operazione successiva. In fondo lei è chirurgo, no? Ed è nella natura del chirurgo tagliare. Chiesi a un infermiere un calmante per mia madre. Rimanemmo per circa un'ora seduti in quella stanza. Ci preparammo per la fase dopo.

Durante la degenza di mio padre ebbi modo di parlare con il dottor Frascari. Mi disse che lui stesso aveva aperto il proprio fratello e l'aveva dovuto richiudere senza poter fare niente. Era piú o meno della stessa età di Antonio e il male era grossomodo della stessa entità. Mi disse che lui aveva deciso, insieme alla sua famiglia, di non fargli fare nessuna cura. Suo fratello morí un anno e mezzo dopo. Poi Frascari mi spiegò anche che la sua decisione non andava presa come esempio. Mi spiegò che, però, le statistiche che si avevano fra le mani non aiutavano a scegliere fra chemioterapia o sistema Di Bella o altre soluzioni.

Mi consegnò due cartelle cliniche: in una c'era l'effettiva situazione di mio padre, nell'altra si parlava di una perfetta guarigione grazie all'intervento. La seconda era quella che avremmo dovuto dare ad Antonio: l'avrebbe controllata senz'altro. Il dottore diceva che era meglio nascondergli il suo reale stato di salute.

Ero io a dover decidere come poter rallentare la morte di mio padre. Usai tutte le amicizie. Presi tutte le informazioni. Fortunatamente il mio socio non mi rinfacciava le assenze al lavoro. Sentii racconti di quasi tutti i viaggi della speranza. Pensai all'ayurveda. Presi il nome di certi guaritori. Poi decisi che lo dovevano vedere il miglior oncologo e il piú bravo medico antroposofo cui riuscissi ad arrivare. Erano entrambi a Milano.

Ho sempre creduto di non sapere raccontare balle. Non prendiamola per una qualità. Solo pensavo fosse cosí. Be', se lo è mai stato, adesso non lo è piú: con mio padre ho imparato bene.

– Sono visite di controllo... è tutta prevenzione... adesso non ci frega piú... forse servirà un ciclo di chemioterapia per *pulire* e rinforzare le difese...

Era solo una piccola parte delle bugie di tutti i giorni. Erano bugie le mie risate, le mie minimizzazioni. Era una bugia il tono della mia voce. Era una grossa, enorme bugia l'energia che gli mostravo. E, lo vuole sapere, professore? Ero bravo. Perché mio padre mi credeva. Forse sapeva di essere spacciato ma in ogni caso mi voleva credere.

Alla fine quello che decisi fu di fargli fare la chemioterapia e di fargli assumere, allo stesso tempo, le medicine naturali prescritte dal medico antroposofo: avrebbero aumentato i risultati della chemio e ne avrebbero attenuato gli effetti collaterali. Era quanto suggerivano i due medici di Milano.

Io e Antonio avevamo preso l'abitudine, ogni volta che andavamo da loro, di pranzare o cenare in un ristorante alla buona vicino a via Mecenate. Lui che si sforzava a trattenersi seguendo i consigli medici e io che lo spingevo a godersela un po'. A buffet c'era un prosciutto che si poteva tagliare a mano. Per lui era una specie di sogno. Si alzava a servirsi da solo un piatto di fette alte un dito. Quei viaggi e quei pranzi sono stati la cosa che piú ci ha avvicinati nella nostra vita. Mentre gli raccontavo balle.

Il male procedeva vorace. Molto piú veloce di quanto previsto. Non facevamo in tempo a cominciare un ciclo di cure che bisognava ricoverarlo da voi per qualche altro problema sopraggiunto. L'ultima volta fu a meno di quattro mesi dalla sua operazione, professore. Il giorno in cui lo portammo per l'ennesima volta nel suo ospedale mio padre ebbe la certezza che non ne sarebbe piú uscito.

Quel giorno mi guardò come non avrei mai voluto. Come se non potesse perdonarmi le mie bugie. Ancora oggi non sono sicuro che l'abbia fatto dopo.

Mia madre già da un po' non riusciva a reggere il gioco: i segni sulla sua faccia non li poteva nascondere. Stavo per scriverle che lei sa come sono gli ultimi giorni di vita di una persona malata di cancro. Però mi tocca ricordarle che, a cinque giorni dalla morte di mio padre, lei gli fece visita e poi, prendendomi da parte, mi disse:

– Preparatevi al calvario.

Concorderà con me che, per essere uno che aveva già subito tutto lo strazio degli effetti di quella malattia su suo padre, quella era l'ultima frase che avrei voluto sentire. D'altronde era suo dovere informarmi per cui non potevo che esserle grato. Sennonché la sua previsione si rivelò sbagliata. Antonio soffrí, certo, ma morí prima di attraversare la fase della morfina.

Gli infermieri mi dicevano ogni giorno che ammiravano il suo coraggio e la sua dignità. Faceva di tutto per non sporcare. Non si lamentava. Non suonava mai il campanello. Fece cosí fino in fondo.

Mio padre aveva cinquantotto anni quando morí. Lei mi dirà che è pieno di gente che, purtroppo, se ne va decisamente piú giovane. Io le dirò che, se solo dovessimo affidarci ai numeri – cioè proprio al minimo, rispetto alle considerazioni su vita e morte –, la media nazionale prevede quasi vent'anni di piú. Resta il fatto che un caso cosí non ha caratteristiche per risultarle speciale, quindi perché ho voluto per forza raccontarglielo? Ma è logico, no? Perché è il mio caso.

Tutto questo è successo due anni fa. Ora le cose vanno abbastanza bene. Abbiamo fatto come tutti gli altri: accettato l'inaccettabile. Abbiamo aggiunto nuova morbidezza ai nostri pensieri su fato o disegni cosmici o volere di Dio. In fondo, se la vita compie il proprio ciclo nella norma, muoiono prima i genitori dei figli, no? Mia madre, che ha vissuto quasi tutta la vita in funzione di quell'ometto, il primo anno senza di lui sembrava proprio, in qualche modo, volerlo seguire. Poi mio figlio, le amiche, la sorella, forse anch'io e, insomma, la vita, le hanno fatto cambiare idea. Per ciò che riguarda lei, professore, sono addirittura quasi riuscito a perdonarla per avere imposto, a me e mia madre, un'immagine. Quell'immagine che abbiamo davanti agli occhi tutti i giorni e che promette di farci visita per il resto della vita: l'immagine di una bacinella che trabocca di una parte di mio padre che lui mai avrebbe permesso ci venisse mostrata.

Ora, se fosse arrivato a leggere fino a qui per poi non trovare altro che una situazione uguale a quelle che affronta tutti i giorni, non si capisce perché dovrebbe aprire la busta che trova allegata.

Glielo dico io perché lo farà: per curiosità.

Arrivederci, professore. E buon lavoro.

Se il professor Dalla Vecchia avesse letto fin lí e deciso di proseguire, avrebbe trovato allegata un'altra busta con su scritto:

Lo vuole vedere?

Avrebbe aperto la busta e ci avrebbe trovato una fotografia. Il soggetto era il cadavere di un uomo dentro la sua bara, composto, le mani conserte sotto l'ombelico. La sensazione di brav'uomo che dà chiunque una volta trapassato.

Addosso aveva un vestito che, nella sua semplicità, sembrava essere il suo migliore di sempre.

La puzza non passa

Il suo agente glielo diceva da una vita: quando passi da outsider a star, quello è un anno magico e irripetibile, stai simpatico a tutti, ogni cosa ha un'aria buona. Dopodiché, sali o scendi, cambia tutto. Ma quell'anno è perfetto.

Era nella camera di un cinque stelle. Quasi mezzogiorno. Appena sveglio. È proprio il mio anno, pensò.

Si accese una sigaretta. Fissò per un po' la cimice che alloggiava sul soffitto nella stessa posizione della sera prima. Poi scosse una spalla alla mora che stava ancora dormendo di fianco a lui. Gambe lunghe, capelli lunghi, braccia e dita lunghe. Non ricordava il suo nome, quindi le diceva sveglia e basta. Ogni tanto, mentre continuava a scuoterla, si soffermava sui rimbalzi del seno. Gnocche cosí non lo guardavano nemmeno col binocolo fino a poco tempo fa. Se sua moglie l'avesse mai beccato avrebbe dovuto capirlo. Non si poteva parlare di tradimento: stava solo meritatamente riscuotendo quello che la vita gli aveva sempre tenuto lontano.

La tipa finalmente diede segni di vita. Cercò inutilmente qualche tenerezza. Nel giro di pochi minuti lui la fece lavare, rivestire e uscire dalla stanza. Riuscí a non darle il numero di telefono e se la cavò con un forse alla sua richiesta di chiamarla. Appena lei uscí si sedette sulla tazza. Stava per lasciarci cadere il biglietto con l'indirizzo e il telefono quando pensò che glielo avrebbe potuto tenere Rancio. Sua moglie non l'avrebbe mai trovato e lui se ne sarebbe potuto servire quando le vacche sarebbero state magre. Quello era il suo anno, lo sapeva bene. E il tuo anno non sai mica quanto ti dura.

Già, Rancio. Doveva vivere il suo anno per poter vedere che esistevano professionisti come quello. Un autista instancabile che risolveva qualsiasi problema con la security sui posti, con gli alberghi, con i ristoranti, con qualsiasi voglia gli venisse. Gestiva i gruppi di fan nelle hall e fuori dai camerini. Sapeva quando essere gentile e quando fermo... Scattava le foto lui per accelerare le pratiche. Conosceva gli ingressi secondari di qualsiasi teatro, palazzetto, studio televisivo, stadio. E sembrava sempre indovinare i suoi desideri prima che glieli esprimesse.

Per un comico che, nel pieno del proprio anno, doveva lavorare cosí tanto ma voleva anche godere di tutti i benefici possibili, Rancio era il complice perfetto. Gli bastavano piccoli cenni da dietro il sipario e, sette volte su dieci, si sarebbe trovato la ragazza che aveva indicato nella propria stanza d'albergo. Rancio l'avrebbe fatta entrare senza nemmeno farla registrare per evitare qualsiasi prova.

Riaccese il telefonino, sei chiamate perse in memoria. Ne entrò subito un'altra. La segretaria del suo agente che gli passava il capo. Ecco la lisciatina quotidiana, pensò il comico. E com'era andato lo spettacolo la sera prima? E c'erano stati problemi? E si era annoiato la notte, eh, eh? E i dati auditel parlavano chiaro: era uno dei tre comici piú visti nel programma in prima serata. E allora c'era da riparlare di soldi con la produzione. Ed era già tutto esaurito anche per stasera... E qualsiasi problema parlasse pure con Rancio... Ed era sicuro di fare quella cosa nel pomeriggio? Sí, era sicuro di fare quella cosa nel pomeriggio. Si dissero a domani.

Fece doccia e barba e valigia, la televisione accesa sui notiziari locali. Nessun servizio su di lui. Recuperò il giornale, nel sacchetto di cellophane appeso alla maniglia fuori. Controllò anche lí: non c'era niente su quello che doveva fare oggi. Bene, pensò, hanno rispettato l'accordo. Però non c'era niente nemmeno sullo spettacolo della sera precedente, nonostante il tutto esaurito. Doveva chiamare il suo ufficio stampa.

Il cellulare squillò di nuovo. Era sua moglie. Andava tutto bene a casa. Andava tutto bene da lui. Si mancavano un po'. Lei gli disse che era fiera di lui per quello che stava per fare nel pomeriggio. Lui rispose figurati. Si rimandarono al giorno dopo. Accese la seconda sigaretta della giornata. Scese.

Nella hall Rancio lo stava aspettando davanti a un gruppo di fan che si agitò al suo arrivo. Il suo collaboratore li fece stare buoni e in fila.

Qualcuno gliel'aveva detto che la comicità era il rock'n'roll del duemila. Firmò gli autografi, si fece fare le foto. Lasciò la valigia in deposito. Saldò il conto che Rancio aveva già fatto preparare. Un paio di dediche sulle foto che lo ritraevano e che il suo complice teneva sempre in tasca per le amiche di quelli alla concierge. Scesero alla sala ristorante.

– Dormito bene? – C'era un sottinteso nella domanda di Rancio.

– Abbastanza.

– Io l'ho vista attraversare la hall bella pimpante.

– Cosa prendiamo? – chiese il comico mentre gli passava il biglietto con i dati della ragazza.

Ordinarono tonno, rana pescatrice e una bottiglia di ribolla gialla.

– Allora, dimmi... Per oggi...

– Ho guardato tutti i giornali locali. Nessuno ha scritto della cosa del pomeriggio. Un paio d'ore fa mi hanno detto che ci sarebbe stato un fotografo ma solo per uso interno. Gli ho risposto che non se ne parlava.

– Sono incredibili, eh? Prima insistono allo sfinimento: fax, mail, telefonate, e poi fax, mail, telefonate e poi telefonate, mail, fax. Roba che sembrava che se non ci fossimo andati, nel loro carcere ci sarebbe stata la rivolta entro sera. Alla fine accettiamo. Anche se per l'agenzia e per te vuol dire sbattimenti in piú, no? Per me vuol dire comunque doppio spettacolo, no? Non vogliamo un euro. Non chiediamo rimborsi spese. Nemmeno per l'agenzia. Nemmeno per te. E, a proposito, ti ringrazio ancora...

– Lo faccio volentieri, – disse Rancio.

– Be', comunque grazie. Non chiediamo niente, dicevo. Solo il silenzio. Non vogliamo pubblicità. Deve restare una cosa pulita, solo fra noi che saremo lí. Dovrebbero essere contenti: vuol dire che lo faccio veramente per i ragazzi.

– Per i responsabili di un carcere minorile è un successo portare uno come te davanti ai detenuti. Però, se non hanno eco sui giornali, è un successo di cui gli frega poco. Comunque ho la sensazione che saranno corretti.

– Ti sembrano gente di parola?

– Le garanzie vengono da persone che non conosco. L'unico modo per essere davvero sicuri che non esca niente è non andare.

Gli suonò di nuovo il telefonino. Era ancora il suo manager.

– Dimmi. Non ci credo. Le prenotazioni del libro già a centoventimila copie? Pazzesco. Devo proprio sbrigarmi a finirlo –. Intanto masticava il filetto di tonno. Rancio si alzò da tavola per fermare un gruppo di sei-otto fan che stava entrando nel ristorante.

– Senti, com'è che fai tutto il carino, oggi? Forse perché io so che tu sai che io so? – Mandò giú il boccone con un paio di sorsi di vino. – Va bene, facciamo il gioco di dircelo. Sia tu che io abbiamo visto la puntata dell'altra sera. Sia tu che io abbiamo notato che hanno piazzato il mio passaggio quasi alle dieci.

Rancio teneva larghe le braccia a fare muro. Almeno a pranzo l'artista doveva essere lasciato in pace.

– Cosa vuol dire era il picco di auditel? Allora cosa succedeva se mi passavano fra le otto e tre quarti e le nove, scusa? Cosa significa che mi usano per tenere su tutta la puntata?

Arrivavano alcuni flash da oltre il corpo di Rancio.

– E poi vogliamo parlare della presentazione? Hai sentito quella che hanno fatto per Tino Cappa? Lo so che sei incazzato ma, se sono proprio cosí necessario come dicono, che lo facciano sentire anche agli spettatori con le loro vocine, no?

Si accese ancora una sigaretta, nonostante il divieto di fumare. Nessuno gli contestò niente. Rancio era tornato al tavolo.

– Certo che va tutto benissimo ma non è quello il punto. Non c'entra. No. Non voglio che tu faccia niente con loro. No, ti ho detto di non chiamarli. Siamo o non siamo superiori a questi giochini? Sappiamo o non sappiamo che gli altri di questi giochini ci vivono? Bene, io e te lo sappiamo e questo basta. Solo non mi piace che tu mi lecchi il culo invece di affrontare i problemi in sospeso. Sí, te lo passo, ciao.

Passò il telefono al suo assistente che si alzò e si allontanò. Era come se ogni volta si bisbigliassero all'orecchio.

Certo che quel Rancio era proprio un professionista, pensava. Addirittura, solo per non rientrare nel cliché della corte che si sbellica alle barzellette del capo, non rideva mai alle sue battute. Però, una volta, almeno una volta avrebbe potuto ridere quello stronzo. Una volta.

Arrivarono al carcere alle quindici come d'accordo. Sulla loro macchina c'era anche il promoter dello show che avrebbe dovuto fare la sera. Era stato uno dei piú insistenti per quell'incontro al carcere. Voleva ingraziarsi politicamente qualcuno. Durante lo spostamento non aveva fatto altro che ripetere del tutto esaurito. E certo che era proprio una persona di principî a non volere alcuna pubblicità. E comunque poteva stare tranquillo: non ci sarebbe stato nessun giornalista nel carcere. E certo che un po' di visibilità a quelli che lavorano in un carcere minorile sarebbe stata di sollievo. E certo che i principî sono principî e meno male che qualcuno li ha. Si fermarono di fronte alla sbarra. Il guardiano disse loro di aspettare l'arrivo di Fanigliulo.

Passarono quindici minuti buoni prima che lo si vedesse sbucare. Il comico, osservando la sua faccia, la sua camminata e la sua postura, pensò che quel cognome, Fanigliulo, lo vestiva come un guanto. Entrò bruscamente nella loro macchina senza il minimo cenno di saluto, dicendo che si sarebbero presentati con calma piú tardi. Fece alzare la sbarra. Percorsero solo trenta metri dentro una piazzola che faceva da parcheggio. Fanigliulo li diresse verso un gruppetto di una cinquantina di persone. Per lo piú donne. Il comico capí che si trattava di parenti e amici del corpo di vigilanza. Si preparò ai cinquanta autografi. Alle cinquanta foto.

Appena gli fu vicino, il gruppo intero urlò:

– La puzza non passa!!! – Eccolo lí il suo tormentone. Se l'erano preparato quel coro. Ora erano tutti sorridenti. Lui si trovò costretto a rispondere:

– Nemmeno in questa piazzola.

Ci fu la risata del gruppo.

La puzza non passa. Già la seconda volta che l'aveva pronunciato si era stufato. Non gli era mai sembrato granché. Però stava funzionando molto piú di quello che a lui sembrava divertente e di qualità. Tutto quello che aveva scritto e recitato gli sembrava migliore.

Certo, quando aveva capito che avrebbe potuto funzionare, ci aveva lavorato. Conosceva le regole per trasformare una battuta in tormentone, le aveva studiate per tanto tempo. Aveva imparato a fare spazio a quella frase. La pausa perfetta prima e quella perfetta dopo. Poi l'intonazione, come sempre decisiva: apparentemente uguale ma ogni volta diversa. Quindi la ripetizione, nel giusto dosaggio. Portare il pubblico a notarla, affezionarcisi, mandarla a memoria. Infine, una volta che la battuta era attesa, lasciarla con dovizia, dopo che li si è tirati allo spasimo, quando proprio non ce la fanno piú. L'orgasmo che finalmente arriva.

Aveva solo due preoccupazioni. La prima: se non riusciva a spiegarsi il successo di quella frase, come avrebbe potuto scriverne un'altra altrettanto efficace? La seconda: come uscirne. Perché un comico che deve tutto a un tormentone è un comico che dura poco.

In realtà questi erano pensieri ancora rimandabili, era pur sempre il suo anno, no?

Nel frattempo gli toccava di fare il buffone per gente che non c'entrava. Fai le facce, fai le facce. Scrivi *la puzza non passa* in ogni dedica.

Il promoter si sbracciava un po' come a dirgli di portare pazienza. Rancio li teneva buoni e cercava di accelerare la pratica. Fanigliulo non perdeva l'occasione di sottolineare a tutti quei parenti e amici che tipo di regali era capace di fare. E intanto questi chiedevano autografi anche per altri parenti e amici e Rancio cominciò a tagliare e Fanigliulo a dire e che sarà mai e il promoter a dare ragione un po' all'uno un po' all'altro.

Una volta fatti contenti tutti i presenti, oltrepassarono il primo cancello. Si trovarono in una stanza che sembrava essere quella di decompressione. Varcarono il secondo cancello. Ora erano di fronte a un parco di cui Fanigliulo si mise a raccontare la storia. Poi disse che dovevano attendere lí perché non erano pronti con la stanza dello spettacolino. Aspettavano un segnale. Fanigliulo ne approfittò per presentarsi dando la mano al comico, a Rancio e al promoter.

– Mi sembra che non le piacciano i suoi fan.

– Ma cosa sta dicendo, scusi, ho appena firmato un duecento autografi.

– Eh, ma ho visto che a metà si era già seccato.

– Guardi, a parte che lo dice lei che ero seccato, comunque, mi scusi, io sarei qua per i detenuti.

– Ah già, per loro sí. E per noi niente.

Rancio, con il solito tempismo, subentrò:

– Senta, non mi sembra molto gentile da parte sua. Lei sta ospitando un personaggio che in questo momento tutti vorrebbero e che invece ha scelto di essere qui a farle una grande cortesia. Gratis. Oltretutto lo fa pur avendo un altro spettacolo a teatro, stasera. Avremmo, quindi, dei tempi da rispettare. Se vuole procedere...

– Le ho detto che attendo istruzioni, – chiuse freddamente l'altro.

Il comico si portò una sigaretta alla bocca.

– Qui non si fuma.

– Ma siamo all'aperto.

– Non si fuma.

Passarono un altro quarto d'ora immobili, in attesa. Il promoter si affannava a cercare qualche argomento. Rancio si imponeva di stare calmo mentre teneva sotto controllo ogni reazione del suo capo. Finalmente Fanigliulo disse:

– Andiamo da me.

Fece strada verso il suo ufficio. Si mise dietro la scrivania e invitò il comico a sedersi di fronte a lui. Gli altri rimanevano in piedi. Mano a mano fece entrare agenti, operai e altro personale del carcere. Ognuno un autografo o una foto o una sbirciatina per vedere il personaggio famoso. Il quale si stava ripromettendo di resistere ancora e starsene buono. Durante la sfilata del personale, Fanigliulo gli disse:

– Molto lodevole da parte sua non volere ricavare nessuna pubblicità da questa iniziativa.

– Grazie, – rispose sapendo che non finiva lí.

– Certo che è un po' meno generoso con noi. Non crede che anche il nostro lavoro meriterebbe un po' di attenzione e di visibilità?

Rancio stava per partire ma in questo caso fu il comico a fermarlo.

– Guardi, mi scusi... sicuramente il vostro lavoro merita ogni cosa buona ma non crede che io possa decidere cosa preferisco fare? Non ho mai reso pubblica nessuna mia attività benefica e intendo proseguire cosí. D'altronde avevo capito che voleste fare qualcosa per i detenuti.

– Lo sa che ha la faccia di uno che merita una visitina fiscale? Ho amici nella Finanza con cui voglio fare due chiacchiere.

Intervenne il promoter:

– Mi scusi signor Fanigliulo, ma mi sembra che stia proprio esagerando.

– Senta, adesso è meglio se ci porta dai detenuti, – gli fece Rancio.

– Sta per arrivare il direttore. Dobbiamo aspettarlo. Lo sa che in privato lei sembra molto poco spiritoso?

– Sfortunatamente anche lei, – ribatté il comico.

– Sí, sí. Secondo me se danno un'occhiata ai conti delle sue serate si divertono un sacco.

Erano a casa sua. Nel mondo delle regole del suo mondo.

– Va bene. Ce ne andiamo, – disse deciso l'assistente prendendo per un braccio l'attore.

– Ecco, bravi, andatevene che nel giro di un'ora organizziamo una conferenza stampa e spieghiamo a tutti come sia veramente il nostro comico.

Rancio prese da una parte Fanigliulo e partí, gli occhi piantati nei suoi, la voce bassa e ferma:

– Ascolta, scemo, lo sai cosa ci facciamo con la tua conferenza stampa? Vuoi fare a chi ce l'ha piú grosso? Una telefonata. Mi basta una telefonata e arriva il tuo direttore, ti impala, ti scortica, e viene ogni giorno a buttarti il sale addosso.

In quel momento entrarono il prete, la psicologa e l'educatore. Tutti e tre si presentarono al comico ringraziandolo per essere lí. Poi ognuno si mise a raccontare le iniziative che era riuscito a mettere in piedi. In modo particolare l'educatore si attardò nel racconto. La sensazione era che tutto quello che aveva fatto fosse piú per dimostrare la propria bravura che non l'effettiva utilità. Ci fu un lungo racconto su come aveva pensato che si dovesse svolgere l'incontro con i ragazzi. C'era tutta una specie di cerimoniale su cui il comico dovette saltar su:

– Senti, secondo me è meglio se andiamo naturali: tu mi presenti, io faccio quello che riesco e... speriamo che i ragazzi si divertano, va bene? Inutile che la prepariamo troppo, no?

L'educatore acconsentí a malincuore. Entrò il direttore, gentile e formale quanto basta. Si capí che non conosceva il comico ma lo ringraziò sentitamente. Rancio, il suo assistito e Fanigliulo si guardarono piú volte. Decisero tutti che evitare incidenti era un po' meglio che finirci dentro. Finalmente si mossero dall'ufficio.

Attraversarono alcuni corridoi. Ogni tanto si trovavano di fronte a porte di ferro che venivano aperte e subito richiuse a chiave alle loro spalle. L'educatore, la psicologa e il prete continuavano a parlare del carcere, delle norme di sicurezza, dei settori, dei ragazzi, delle iniziative di recupero, delle percentuali di recidività. Il direttore ascoltava, o forse no, camminando con le mani giunte dietro. Ogni tanto il promoter cercava di attaccare bottone con lui. All'ennesima porta di ferro vennero presi i documenti al comico, al suo personal manager e al promoter. Poi i tre consegnarono i telefonini. Fanigliulo ordinò che venissero perquisiti come da prassi ma il direttore intimò di farli passare.

Nello stanzone in cui entrarono c'era già una ventina di persone sedute ai lati della pedana che avrebbe fatto da palco. Probabilmente anche loro parenti del personale di vigilanza o del direttore. Fecero un applauso al comico che si sforzò di non mostrarsi infastidito da quell'ennesima presenza non prevista. Il promoter, la psicologa, il prete, Fanigliulo e i due assistenti si accomodarono sulle altre sedie rimaste libere ai lati. Il direttore venne salutato da tutti i presenti. Si sedette a sua volta. Il comico e l'educatore erano sulla pedanina. Rancio era di fianco a loro a controllare che tutto procedesse. L'educatore accese l'amplificatore dietro di loro, prese il microfono, lo provò, quindi disse:

– Se siamo pronti facciamo entrare i ragazzi.

Il direttore fece un piccolo cenno, il comico fece altrettanto.

Da un'altra porta di ferro laterale entrarono un paio di sorveglianti. Poi, a seguire, i detenuti. Erano una ventina. Le sedie di fronte alla pedana erano circa quaranta. La fila piú vicina era a cinque-sei metri. Nonostante questo, i ragazzi si sedettero quasi tutti in fondo.

– Andiamo, non restate lí. C'è un sacco di spazio qui davanti, – disse l'educatore.

Anche se controvoglia, una parte di loro si avvicinò. Nell'ultima fila rimase un gruppetto. Il comico pensò che quello al centro potesse essere il capo.

– Allora, cercherò di essere il piú breve possibile, devo però fare una serie di ringraziamenti. Innanzi tutto al direttore che ha permesso che si svolgesse questa iniziativa.

Dai presenti ai lati un applauso convinto. Dai detenuti uno stiracchiato.

– Poi alla signora Malanga, nostra psicologa e a don Guglielmi che hanno, insieme a me, pensato e messo in piedi l'iniziativa.

Un battimani in calare.

– E infine al signor Fanigliulo che si è occupato della parte esecutiva.

Qualche applauso dalle tribunette. Nessuno dai ragazzi. I sorveglianti li spinsero a farsi sentire.

– Ma, ovviamente, il nostro ringraziamento piú sentito va a questo artista che, venendo qui dentro oggi, ha dimostrato di avere anche grandi doti umane.

Ci fu l'applauso piú fragoroso. I ragazzi anche in quel caso non seguirono. I secondini continuarono a incitarli.

– È inutile che ve lo presenti, lo conoscete tutti e fra pochissimo si esibirà. Prima però, come negli incontri fatti in passato, vi invito ad approfittare della sua disponibilità e a fargli qualche domanda.

Se ne stavano zitti. Il comico li scrutò. Gli sembrava che nessuno lo conoscesse. Non erano stati loro a richiedere la sua presenza.

– Andiamo, non fate i timidi, – continuò l'educatore.

C'era il tipo che sorrideva impacciato in prima fila. C'era un gruppetto che sogghignava come alle elementari. C'era quello che si atteggiava a bravo ragazzo.

– Insomma, siete di fronte a uno che ce l'ha fatta. Non posso credere che non abbiate nemmeno una curiosità.

Continuavano a restare in silenzio. Il comico prese il microfono dalle mani dell'educatore:

– Forse volete sapere come sono le tette della presentatrice del mio programma.

Dai lati partí qualche risolino. I ragazzi si fecero attenti. L'educatore si mise a sedere.

– Per voi inarrivabili. Ecco come sono.

Le risate salirono. Scappò qualche sorriso anche ai detenuti.

– In realtà sono inarrivabili anche per me.

Nella tribunetta sembravano già pronti a ridere di qualsiasi cosa, ma il clima si scioglieva anche in platea. Il comico si mise a camminare avanti e indietro sulla pedanina. Teneva il microfono lontano dalla bocca, non parlava. Ai suoi lati avvertiva un po' di nervosismo ma lui continuava a camminare e basta. Avanti, indietro. Sentiva che i ragazzi si facevano sempre piú attenti. Non li guardava, camminava. Avanti, indietro.

– La puzza non passa, – disse quello che voleva fare il bravo ragazzo, spezzando la tensione.

Solo allora il comico si fermò. Annusò un po' l'aria e, dopo la pausa perfetta, disse:

– Nemmeno qui dentro.

Sentí che qualcuno ai lati cominciava ad agitarsi, ma i ragazzi risero quasi tutti.

– I casi sono due: o non vi amate abbastanza... – disse accompagnandosi con un movimento effeminato. L'approvazione era in crescita.

– ... o le docce le ripara Fanigliulo...

Ora i detenuti si lasciarono andare a una risata piena. Anche il loro capo là dietro, se non altro, sorrideva. Lui non si prese la briga di guardare Fanigliulo, sapeva già com'era la sua faccia. Dalle tribunette aveva sentito risolini imbarazzati. Il direttore cercava di trattenersi ma rideva. Rideva proprio.

– ... oppure è colpa dell'educatore che sempre ve li promette ma poi non ve li porta mai, i flaconi di Intimo di Karinzia.

Rancio sembrava meno serio del solito.

Il comico sentiva la situazione in mano. Quando le risate sono a quel punto, diventa tutta questione di ritmo e di fluidità. Solo adagiarsi su quell'onda buona. Sei stato tu a portarli lí e ora, lí, è tutto liscio. Tutto fa ridere in quelle condizioni, se c'è ritmo e fluidità.

Fu proprio in quel momento che cominciò a imitare la voce, la postura, i movimenti di Fanigliulo. Ci fu subito un boato. Eccolo il tormentone della serata: Fanigliulo.

– La puzza non passa... nel mio ufficio...

L'entusiasmo li faceva fischiare. L'imitazione era perfetta.

– ... il dottore ha detto che per la mia aerofagia c'è solo il cemento armato...

Sugli spalti qualcuno aveva cominciato a passarsi il fazzoletto sugli occhi.

– La puzza non passa... nella mia macchina... e pensare che mi va tutto lo stipendio in arbres magiques.

Guardò Fanigliulo. Fingeva di ridere ma si vedeva quanto lo stesse odiando.

– La puzza non passa... nella mia camera da letto... forse ho l'epidermide un po' pesante. Non so... mia moglie giura di amarmi... ma allora cara, le dico, se davvero è cosí perché non ti togli la maschera antigas? Almeno per una notte... Quando mi sveglio e ti vedo non so mai se è un'esercitazione o se hai lasciato i fornelli accesi apposta.

Il direttore e gli assistenti di Fanigliulo si sforzavano, senza successo, di trattenere gli sghignazzi, tutti gli altri ridevano a crepapelle. Finalmente anche Rancio. Il comico si sentiva fortissimo. Da un po' di tempo teneva spettacoli di fronte a migliaia di persone e, ora, poter vedere ognuna delle facce di quella cinquantina di spettatori gli faceva apprezzare meglio gli effetti delle sue battute. Poteva verificare ogni reazione.

Per un po' improvvisò sulla base del suo tormentone ma poi lasciò anche quell'appoggio: improvvisò e basta. Le risate arrivavano come schiaffi d'onda. Quello che secondo lui era il capo dei ragazzi si tratteneva un po' come a darsi un tono ma, se lo guardava negli occhi, ci trovava approvazione. Dopo un po', quando sentí che l'imitazione di Fanigliulo cominciava a divertire meno, passò a una fase piú tecnica usando pezzi dal suo repertorio.

L'esibizione non perse d'intensità. Li sentiva. Percepiva tutto. Preparava le battute ancora meglio del solito. A un certo punto gliene venne una che fece ridere pure lui. Si piegò sulle ginocchia e dovette fermarsi qualche secondo non riuscendo a trattenersi. Partí un applauso fragoroso. Si rialzò e se ne uscí con un'altra frase fatta dire da Fanigliulo. Se possibile si raggiunse un altro picco d'entusiasmo. Poi annunciò:

– E adesso a grande richiesta vostra, anche se non lo sapete, il mio ultimo successo. Una ballata che si chiama: *Si può sapere, cara, perché il mal di testa adesso ce l'ho io?*

Cantò quella canzone come aveva già fatto in altri spettacoli. Senza nessuna base sotto. Questa volta, però, cantava imitando via via l'operatore, la psicologa, il prete e ovviamente Fanigliulo. Un trionfo.

Finita l'esibizione ci fu un applauso lunghissimo. Lui si sentiva un po' imbarazzato, non faceva mai inchini. Non sapeva bene cosa fare. L'operatore rientrò a centro pedana, prese il microfono e disse:

– Va bene. Ringraziamo di cuore il nostro ospite. È stato sicuramente l'incontro di maggior successo che abbiamo fatto qui dentro...

– Come mai sei venuto qua? – All'improvviso, il presunto capo dei ragazzi si era alzato in piedi e aveva preso la parola. Si fece un certo silenzio.

Il comico riprese il microfono.

– Sono qui perché a me è stato detto che voi avete insistito perché io venissi. Non so se sia andata proprio cosí... Comunque sono già stato a Nisida e al Beccaria.

Il silenzio aumentò. Lui li guardò per un po' negli occhi e proseguí:

– Se siete qua avete commesso senz'altro degli sbagli. E probabilmente la pena che vi hanno dato è giusta. Ma credo che non ci sia niente di male ad accelerare di un'oretta, con qualche risata, l'arrivo del momento del vostro rilascio.

Ci fu un applauso sentito. L'educatore riprese il microfono:

– E ora, uno alla volta, potete venire a farvi fare l'autografo.

Tutti i sorveglianti si fecero ancora piú attenti mentre i ragazzi accerchiavano il comico. Ci fu un po' di confusione. Assieme ai detenuti, anche gli altri presenti si fecero avanti per dediche e foto. Rancio aveva raggiunto il comico dirigendo un po' la questione. I sorveglianti si limitavano a dire piano, piano. Lui continuava a essere brillante con chiunque.

Fu lí, però, che si accorse di avere fatto quel gesto che tante volte gli veniva inconsciamente. C'è chi non calpesta le righe, chi compie ogni operazione in sette movimenti, chi irrigidisce di scatto il collo, chi digrigna i denti. Il suo tic era portarsi la mano sulla tasca posteriore destra a sentire il rigonfio del portafoglio.

Il movimento era stato velocissimo anche quella volta,

al punto che solo dopo si accorse di averlo fatto. Ma sentí salire una vampata di calore: un movimento del genere, in un posto del genere, in un momento del genere aveva tutt'altro valore. Si stava giurando che gli era successo senza pensarci. Ora doveva controllare le conseguenze.

Nessuno dei ragazzi nel cerchio attorno a lui sembrava avere notato niente. Nemmeno gli altri ospiti, né i sorveglianti, né il direttore, né, per fortuna, Fanigliulo. Nessuno lo stava guardando con un'espressione che glielo facesse pensare. Addirittura nemmeno Rancio. O forse si era talmente abituato a vederglielo fare che non ci faceva piú caso. No, no, era inutile sprecare altri pensieri: era vero che c'era stata un po' di ressa ma non c'era alcuna intenzione nel suo toccarsi il portafoglio. Doveva smetterla di pensarci.

Quando alzò lo sguardo verso il capo dei ragazzi, però, lo trovò fermo a fissarlo. Il suo sorriso, ora, era di altro tipo. Quel sorriso non nasceva da alcuna battuta. Né da alcun compiacimento. Era un sorriso di disprezzo. E da laggiú, per assicurarsi che il labiale fosse leggibilissimo, gli rivolse, con movimenti lenti ed esagerati della bocca, la frase:

La puzza non passa.

Quindi lo fissò calmo senza regalargli piú, come non lo meritasse, nessuna espressione. Infine gli diede le spalle. Per sempre.

Nel percorso verso l'uscita il comico ricevette i complimenti di tutti. Il direttore, la psicologa, il prete, l'operatore lo ringraziarono di nuovo. Il promoter gli disse:

– Spero che ti sia tenuto qualcosa per lo spettacolo di stasera. Scherzo. Complimenti davvero.

A un certo punto lo avvicinò Fanigliulo che gli disse:

– Allora salutami tanto i miei amici finanzieri quando ti vengono a trovare.

– E tu salutami tanto tua moglie. Dille che anche tutti i miei amici la salutano affettuosamente. Anche l'intera nazionale italiana di pallavolo. Anche la Folgore…

Rancio si piazzò di fronte a Fanigliulo che era già scattato. Gli mostrò un sorriso di compatimento. Poi mise un braccio attorno alla schiena del comico e lo trascinò via salutando sbrigativamente tutti i presenti. Una volta piú lontani, con un gesto insolitamente poco professionale, spostò il braccio sulle spalle del suo capo.

– È stato il piú bello spettacolo che ti abbia mai visto fare.

– Già, – disse il comico a fil di voce.

– Già, – ripeté Rancio guardando il cancello che si apriva.

– Già.

L'estate piú calda fin qui

Il terrazzino della loro stanza d'albergo dava proprio sul piccolo molo da cui sarebbero partiti il giorno dopo, una lingua di legno illuminata da file di lampadine bianche.

– Ho un brutto presentimento, – disse Giulia.

– Tesoro, è la terza volta che lo dici in un'ora. Chiunque al mondo ha capito che Lola non ti piace e francamente sí, è un po' stronza, ma se già da adesso ti fissi su di lei ci giochiamo tutte le vacanze. Guarda piuttosto là, – Jarno le indicava una barca ormeggiata di fronte a loro, – bella, eh? Magari è la nostra.

Qualche brutto presagio ce l'aveva pure lui ma lo teneva per sé. Era stato un azzardo organizzare le vacanze – vacanze di quel genere, poi – con una coppia che non avevano mai frequentato, ma in fondo Cesare lo conosceva bene, da quanti anni lavoravano nello stesso reparto? Non poteva mica immaginarsi che la moglie del suo amico potesse essere una rompiballe come era sembrata fin lí. Con quell'aria da Gloria Swanson che scende le scale con il cinema diventato piccolo per lei… E poi tutto quel bisogno di griffe… sui vestiti, sulla borsetta, sulle valigie. Enormi sulla cintura e sulla stanghetta degli occhiali. Mah. Durante il viaggio in macchina, poi, tutto quell'atteggiamento… Magari era nervosa. Magari.

Jarno continuava a guardare le barche, non vedeva l'ora. Non ne aveva mai guidato una e quelle si potevano portare senza patente nautica. Avrebbero solcato un canale in piena Borgogna. Panorami, picnic, castelli, villaggi, cantine. Aperitivi in barca al tramonto. E tutto questo a mille chilometri a nord rispetto a casa, dove si boccheggiava nell'estate piú calda che ricordassero. La cosa incredibile, poi, era che costasse cosí poco, non gli sembrava possibile.

Gli squillò il telefonino, era Cesare:

– Se la vostra stanza vi fa schifo giriamo la macchina e torniamo a Carpi. Non senti già la nostalgia del maglificio e di Prandoni?

– Lo sai che sotto i cinque stelle lusso non scendo mai. Partiamo subito che mi mancano già quei quaranta gradi all'ombra.

– A parte gli scherzi, tutto a posto?

– La stanza è bellissima. Vorrei anche vedere. Costa piú una notte qui che una settimana di barca.

– Mi hanno chiamato dalla reception, al ristorante è rimasto un tavolo per quattro, scendiamo?

– Pensavamo di farci portare qualcosa in camera.

– Dài, abbiamo fatto trenta facciamo trentuno. Ci tratteniamo un po' i prossimi giorni in barca.

– Va be', lo dico a Giulia. Ci vediamo giú.

Non appena entrati nel ristorante si trovarono catapultati in un altro mondo. L'eleganza degli arredi, del personale, di tutti quelli seduti ai tavoli li fece sprofondare in un imbarazzo infinito. I quattro, calzoni corti e sandali – Lola a parte –, si sentirono impietosamente radiografati da ogni presente. La porta era già inesorabilmente chiusa e, comunque, il loro ingresso era stato troppo notato perché potessero fare marcia indietro. E poi Lola si era già avvicinata al maître.

Un cameriere li accompagnò al tavolo con la falsa accondiscendenza di chi cerca di non mostrarsi razzista. Appena comodi, per come lo potessero essere in quella situazione, diedero un'occhiata al menú.

– Secondo voi c'è qualcuno che ci possa aprire un mutuo a quest'ora? – provò a scherzare Jarno.

Giulia sembrava chiusa in qualche trappola mentre Lola appariva, piuttosto, imbarazzata dalla presenza degli altri tre. Cesare dopo avere verificato i prezzi disse:

– Cosa facciamo?

– Non ti azzardare a chiedermi di alzarmi adesso, – disse secca la sua ragazza.

– Facciamoci la cena che meritiamo –. Jarno cercò di girarla sul brillante.

Venne prontamente mandato a servirli un cameriere italiano. Quando capí che erano lí per caso, spiegò che quello era uno dei dieci migliori ristoranti di Francia. Jarno disse che allora dovevano prenderla come qualcosa da raccontare a casa.

Ognuno comunque, tranne Lola, ordinò il meno possibile e, soprattutto, le portate meno care. La carta dei vini aveva prezzi desolanti. Lola disse di non farla vergognare a ordinare solo acqua. Trovarono con sollievo un borgogna bianco non del tutto inaccessibile. Era un vino di produzione dello chef, le cui iniziali li stavano accerchiando. Sui bicchieri di cristallo, sui piatti, sulle pareti, naturalmente sui menú.

Per l'intera durata della cena, mentre ognuno combatteva il proprio disagio, Lola eccedeva nel darsi un tono. Jarno e Giulia ogni tanto si cercavano con gli occhi. Se in macchina l'avevano intuito, ora era fuori dubbio: nell'economia di quella coppia Lola rompeva e Cesare si affannava ad aggiustare i pezzi.

Quando fu l'ora del caffè vennero invitati sul terrazzo. Il cameriere li accompagnò portando, nel secchiello, il borgogna bianco rimasto. Da lí potevano continuare a dominare il canale. La temperatura era sui ventotto gradi. Non proprio il sollievo che speravano ma sempre meglio che a casa. Sul vassoio giaceva il conto. Ogni tanto qualcuno gli lanciava un'occhiata furtiva.

– A noi lupi di fiume, allora, – disse Jarno dopo avere versato un goccio in ogni bicchiere e alzato il suo. Brindarono con allegria. Dietro di loro, nella sala all'interno, campeggiavano tutti i libri di cucina firmati dallo chef. Davanti a loro le sue iniziali attorcigliavano il ferro battuto della ringhiera.

La mattina dopo si resero conto che il caldo non scherzava nemmeno lí. Montarono in macchina e attraversarono il ponte per recarsi al noleggio barche. Lo trovarono chiuso, bisognava tornare alle due. Presero un toast nel bar di fianco. Lola si rifiutò e rimase a digiuno rimbrottando a lungo. Cesare teneva gli occhi bassi. Poi si stesero all'ombra nel parchetto vicino. Boccheggiare si boccheggiava.

Alle due precise si presentarono all'ufficio nolo. Fortunatamente trovarono che l'addetta parlava bene l'italiano. Chiese loro se si impegnavano a seguire le norme di navigazione. Si impegnavano a non superare i dieci chilometri all'ora? Si impegnavano a non gettare nel canale niente che non fosse biologico? Si impegnavano a non inquinare le sponde in nessun altro modo? Loro si guardavano in faccia, cosa potevano rispondere se non sí? Come premio ebbero una bandierina verde da appendere sulla barca.

La loro tratta era solo andata. Con altri centocinquanta euro gli avrebbero fatto trovare la macchina all'arrivo. Poi c'erano i cento euro con cui coprire la franchigia dell'assicurazione. Poi bisognava comprare la guida fluviale. Poi c'era da decidere se pulire la barca a destinazione o farlo fare per sessanta euro. Lola disse che lei non puliva. Andava, dunque, per i sessanta euro. Si rifiutarono di comprare i guanti con cui tirare le corde per gli ormeggi. Non noleggiarono ombrelloni. Non noleggiarono biciclette. Ma era la segretaria stessa a sconsigliarle: nei vari punti d'attracco era tutto a pochi passi, diceva. Una volta espletate le formalità e finito di pagare il necessario, caricarono i bagagli sulla loro barca.

Con una certa allegria misero la macchina in parcheggio e consegnarono le chiavi alla ragazza che compilò un modulo sullo stato della vettura e glielo fece firmare. Fu lí che venne detto loro che c'era un corso di guida della barca obbligatorio verso le sei. Considerando che alle sette i responsabili delle chiuse se ne andavano, realizzarono che avrebbero dovuto passare un'altra notte a Joigny.

Il corso tutto sommato li divertí. La segretaria traduceva quello che l'istruttore si affannava a insegnare. Nessuno dei quattro sapeva niente di barche né di navigazione. Non appena poterono mettere le mani sul timone, Jarno e Cesare, a turno, cominciarono a fare pratica su e giú nella tratta fra le due chiuse in cui si trovavano. Il canale era bello ma torbido. Non ci avrebbero fatto il bagno come a casa avevano pensato. Continuarono a fare avanti e indietro in quel chilometro di tratta. Il tramonto metteva in risalto le rive ordinatissime. Cominciarono a sentirsi un equipaggio. Ormeggiarono nel porticciolo senza difficoltà, fieri della loro acquisita abilità di barcaioli. Si prepararono per uscire a cena.

Joigny era un paese davvero piccolo e alle nove di sera sembrava scattato il coprifuoco. Di tre ristoranti in cui chiesero di entrare, nessuno li accettò. Tutti dicevano di essere pieni nonostante esibissero diversi tavoli deserti. Nel terzo ristorante, addirittura, la signora che lo gestiva li consigliò di provare in una taverna cinquecento metri sotto. La cosa fu molto lontana dall'essere di loro gradimento ma – Lola a parte – decisero di buttarla sul ridere. Entrarono dunque in quella taverna che proponeva specialità turche, greche, tunisine e marocchine. Si riempirono di couscous.

Avevano bisogno di lasciare Joigny. Quello strano paesino li teneva imprigionati da due giorni, ormai. Tornarono sulla barca. Le cabine erano soffocanti.

– Mi sa che chi vuole fare l'amore dovrà farlo a fiato d'oca, se non vuole che gli altri sentano tutto, – disse scherzando ma non troppo Cesare. La sua donna gli lanciò un'occhiata che gli ricordava quanto con le battute fosse sempre stato scarso.

Giulia disse:

– Noi possiamo dormire sul ponte. Qui fuori un po' si respira.

Jarno pensò subito che la cosa escludeva il sesso, nel porticciolo erano troppo esposti, comunque apprezzò l'atto di gentilezza della sua donna. Dopo una serie di battute sui ristoranti per sceicchi e su quelli che non li avevano presi e sulla gente che non era in giro per il paese, Cesare e Lola andarono di sotto a dormire. Jarno e Giulia presero coperte e lenzuola e si sdraiarono a guardare le stelle. Sentirono gli altri due litigare sottovoce.

Il mattino dopo Jarno e Giulia tornarono sulla barca con un po' di croissant e un paio di baguette. Apparecchiarono velocemente il tavolo sul retro. Faceva caldo già alle nove di mattina ma almeno in quel punto erano all'ombra. Giulia fece bollire l'acqua per tè e caffè. Lola era già seduta in attesa.

– Per me sono cominciate ufficialmente le ferie, – disse.

Gustarono la colazione e poi, mentre Cesare scioglieva gli ormeggi, Jarno si mise al timone. Salparono lasciandosi alle spalle quella strana sensazione di oppressione. Il caldo c'entrava, pensava Jarno, ma c'era altro di storto a Joigny.

Le cose procedevano: la barca la sapevano portare e cominciarono a rilassarsi e a pregustare quello che li aspettava. Arrivarono presto alla loro prima chiusa e realizzarono di cosa si trattava.

Aspettare che abbassassero una paratoia, infilarsi nel varco, attendere che la paratoia venisse alzata alle loro spalle, e che l'acqua fra le due porte raggiungesse il livello della tratta di là, fissare gli ormeggi lí in mezzo per non sbattere troppo con l'imbarcazione, attendere l'apertura della paratoia di fronte e finalmente passare.

La prima venne vissuta come una vera avventura. La seconda li aveva già stufati. Ogni passaggio di chiusa portava via circa venti minuti. Jarno controllò sulla guida e vide che piú o meno ne dovevano passare una decina ogni giorno. Se a questo aggiungevano che gli addetti alle chiuse facevano pausa fra mezzogiorno e l'una e finivano i turni alle sette di sera, capí ben presto che le tappe di quel tragitto erano obbligate.

Il corso del canale, a un certo punto, si strinse repentinamente e smise di assomigliare a un fiume. Il livello dell'acqua era oltremodo sotto la media per tutti quei mesi di secca. La barca andava tenuta assolutamente al centro se non volevano arenarsi o danneggiarne qualche parte.

A mezzogiorno ormeggiarono di fronte a una chiusa in attesa della riapertura dell'una. Giulia apparecchiò e preparò insalate e piatti d'affettati. Tutti viveri portati da casa. Lola aspettava seduta:

– Piú che un canale sembra una fossa settica.

L'acqua era effettivamente scura e torbida.

– E hanno chiesto a noi di non inquinare? – disse Cesare.

– Forse è solo un tratto cosí, – provò a replicare Giulia.

– Già. Forse piú in là è peggio –. Lola dava la sensazione di avere già deciso tutto rispetto a quella settimana. Quando fu l'ora di sparecchiare non alzò nemmeno un dito.

– Ci dài una mano? – le chiese Cesare.

In quel momento le suonò il telefonino. Si spostò a prua. Mentre Giulia lavava i piatti, Cesare scioglieva gli ormeggi e Jarno affrontava la chiusa, la sentirono dire:

– Il posto è bellissimo. Non sapevo che in barca fosse cosí divertente. Va be'... poi la Francia la conosci. Sí ma qui poi... No, no, fa fin troppo fresco. Stanotte ho usato la coperta. Giuro.

Durante il tragitto del pomeriggio i due uomini si scambiarono al timone. Giulia continuava a sistemare le cose in barca. Ogni tanto si metteva a guardare il panorama sulle sponde ma, purtroppo, c'era ben poco da vedere. Lola rimaneva stesa sul ponte al sole, a telefonare.

Verso le sei e mezzo attraccarono al porticciolo di Saint-Florentin.

Erano affamati e cosí fecero una doccia veloce. Visto cos'era successo la sera precedente, volevano presentarsi a qualche ristorante al piú presto. Mancava un quarto alle otto quando arrivarono al primo che trovarono. Non li fecero entrare, dissero di essere al completo. Cesare fece notare che c'erano parecchi tavoli liberi. La risposta fu che erano tutti prenotati.

Ripresero la ricerca. Tutto attorno non c'era anima viva. Videro, a un certo punto, un'insegna che diceva *Pizzeria Vesuvio*.

– Di sicuro la pizza farà schifo ma almeno mangeremo qualcosa, no? – disse Cesare. Ma la titolare, sulla soglia, prima ancora che chiedessero di entrare fece semplicemente di no con la testa.

– Cosa siete, scemi? – scattò Lola.

Cesare la prese per un braccio e l'allontanò mentre lei continuava a urlare:

– Cosa c'è, vi fanno schifo i nostri soldi? I nostri euro non sono buoni? Siamo italiani, sí, e allora?

Si misero a sedere poco dopo in una piccola trattoria araba.

– Simpatici, eh? – azzardò Jarno a tavola indicando col pollice la pizzeria poco sopra. Lola a quel punto tracimò. Si mise, rabbiosa, a maledire la Francia, tutti i suoi abitanti, la loro erre moscia, la torre Eiffel, Napoleone, quello... come si chiamava... Robespierre, tutti i Luigi re, la loro spocchia assurda mentre restavano una popolazione senza bidé e quindi piena di merda.

– Però di giorno sembrano gentili. Salutano tutti, – si sentí di dire Cesare. Lola lo guardò in un modo che faceva presagire una tempesta pronta anche per lui. Le suonò il telefonino. Uscí a parlare in strada. La sentirono ridere.

Saint-Florentin risultò ancora piú piccola di Joigny. Nessun locale. Niente da fare. Tornarono sulla barca. Lola si rifiutò di giocare a carte e andò dritta in cabina. Cesare allargò le braccia verso gli altri due e poi la raggiunse alzando le spalle. Jarno e Giulia rimasero ancora una notte in coperta.

– Va bene essere stronza, ma questa vuole vincere qualche premio –. Giulia bisbigliava ma non troppo piano. Se quella tipa l'avesse sentita non le sarebbe dispiaciuto.

– Non avevo proprio idea che Cesare fosse cosí succube, – disse Jarno attento, invece, a non farsi sentire.

– Lui sembrerebbe anche a posto ma come si può dare tanta corda a una rompiballe del genere?

– Ti dico che lui è davvero a posto. È solo una coppia sbilanciata.

– Sbilanciata? Novanta per cento merda, cioè lei, e dieci per cento la micropersonalità del tuo amico.

– Adesso mi sa che esageri.

– Ah, io esagero... ma l'hai sentita prima? *Ti rendi conto in che razza di posto di merda mi hai portato? Queste sono le mie ferie. Siete proprio degli idioti tu e il tuo collega. Come si fa a prenotare senza sapere un cazzo?* Credeva che non la sentissimo quella troia? Perché non ha pensato a tutto lei?

– Va be', dài, adesso è meglio darsi una calmata, dobbiamo passarci altri sei giorni insieme.

– Insieme a lei che non fa un cazzo. Lamentarsi e basta. Vorrei già tornare indietro.

– Non ci provare nemmeno. Ora ci facciamo la nostra settimana in barca e ce la godiamo pure, ok?

Giulia gli diede le spalle. Anche quella notte l'unico dondolio della barca fu dovuto all'acqua.

Il giorno dopo il canale divenne ancora piú stretto. Sembrava collassato dalla stagione piú calda fin lí. L'acqua era sempre piú lercia e punteggiata di pesci che galleggiavano a pancia in su. Qualche pantegana, invece, saltava fuori ad attraversar loro la strada o ad accompagnarli per un tratto.

Dalla carta fluviale risultava che il primo castello sarebbe stato a Tanlay due giorni dopo e le cantine di Chablis erano lí intorno ma non abbastanza vicine perché le potessero raggiungere a piedi.

Giulia non nascondeva piú la sua ostilità a quell'altra. Le aveva chiesto di darle una mano con la colazione o a mettere via oppure preparare per l'aperitivo. Lola non rispondeva mai. Era tutta ponte, oli solari, allegria al telefono e commenti disgustosi in diretta.

Jarno continuava a dire a sua moglie che aveva ragione ma che cercasse di calmarsi. Cesare aveva addosso una remissione che sembrava frutto di parecchia esperienza.

Alla pausa di mezzogiorno ormeggiarono di fronte all'ennesima chiusa. Il livello dell'acqua era davvero basso e avevano la sensazione di essersi incagliati. Scesero comunque a fare il picnic sotto un tiglio. Ancora una volta tutto il lavoro venne fatto da tre membri dell'equipaggio. Il posto si faceva apprezzare, l'atmosfera si distese un po' e fecero fuori tutto quello che era rimasto dei viveri portati da casa. La sera, una volta attraccati a Tonnerre, sarebbero andati al primo supermercato.

All'una esatta si ripresentò l'addetto alla chiusa. Erano sempre ragazzi giovani, probabilmente un lavoro stagionale. Jarno fece per imboccare l'ingresso ma il timone si rifiutava di girare a destra. Era bloccato. Provò a manovrarlo Cesare ma senza risultati. La barca girava solo su se stessa.

Ormeggiarono di nuovo con grande fatica accompagnando la manovra con un profluvio di imprecazioni. L'addetto alla chiusa li guardava divertito. Telefonarono all'ufficio nolo. Gli venne detto che avrebbero mandato qualcuno in un paio d'ore.

Per cercare di vincere lo sconforto Jarno propose una partita a carte. Lola, con aria benefattrice, decise per una volta di concedersi. Ben presto fra le due ragazze si scatenò una vera e propria battaglia. Giulia urlava per ogni punto fatto mentre Lola rispondeva con qualche *indisponente!*

Alla fine la spuntarono Jarno e Giulia. Lei urlò alzando le braccia al cielo. Lola non disse niente ma ognuno interpretava, in quel silenzio, un'oscena sequenza di insulti perfettamente sillabata.

Il meccanico che doveva riparare il guasto si presentò puntuale. Pregò i quattro di scendere e, nel giro di venti minuti, rimise a posto tutto. Gli chiesero se avrebbero fatto in tempo a raggiungere Tonnerre. Rispose che sarebbe stata dura.

La carta fluviale indicava, prima di quello, solo borghi che sembravano di due o tre case. Non avevano piú niente da mangiare né da bere. Dovevano farcela.

Per tutto il percorso tennero il motore sempre al massimo e a ogni chiusa uno di loro saltava sulla riva e andava ad aiutare l'addetto a girare piú in fretta le manovelle che abbassavano e alzavano le paratoie. L'altro alla guida. Giulia all'ormeggio. Lola sul ponte al sole.

– Senti un po'... cosa ne dici di darci una minima mano? O hai paura di sudare? – proruppe Giulia.

– Queste sono le mie ferie.

– Be', sono anche le nostre. Capito, wandaosiris?

Lola si girò sulla schiena.

– Cesare vieni a darmi l'olio.

Non appena la barca ripartí il suo uomo rispose alla chiamata.

A un certo punto fu chiaro che non ce l'avrebbero mai fatta ad arrivare a Tonnerre. Ma la penultima chiusa risultava a tre chilometri dal paese. Tre chilometri andare, e tre a tornare, pur se con le borse della spesa in mano, si potevano ancora fare. Avrebbero potuto mangiare e bere.

Ci diedero dentro piú che potevano cercando di recuperare ogni secondo. A ogni chiusa fischiavano con largo anticipo all'addetto perché cominciasse prima il suo lavoro. Non era carino e passavano per i soliti italiani e sembrava che non avessero nessun rispetto. Ma funzionava.

Finalmente arrivarono alla terz'ultima chiusa prima di Tonnerre.

Passata quella, avrebbero potuto raggiungere il punto stabilito, cinque chilometri dopo. Erano le sette meno dieci. Si sentivano tutti sollevati e fieri del proprio lavoro. Si erano davvero guadagnati quella cena. Jarno, dopo aver battuto il cinque all'amico, si mise a fare il saluto militare alla ragazza della chiusa. Era belloccia, fra i venti e i ventidue. Sorrideva al loro arrivo. Cesare la salutò calorosamente facendo un po' il gallo.

Quando furono sotto la chiusa lei cominciò a scuotere la testa. La guardarono senza capire. Sembrava sorridere e dire fra sé: questi sono fuori. Poi fu piú chiaro che quello era proprio il segno di un no.

– No cosa? – chiese Jarno in italiano.

Lei disse che non poteva aprire. Come? Mancano dieci minuti, diceva Jarno, e segnava l'orologio sperando di spiegarsi. La tipa gli fece intendere che fra alzare e abbassare le paratoie ne servivano quasi venti. Va be', ma loro erano comunque arrivati prima delle sette, no? Lei continuava a sorridere e dire che non si poteva. I tre non riuscivano a crederci. Lola si era alzata a sedere. Cominciarono a pregare la tipa, spiegandole la situazione, erano senza viveri, dovevano raggiungere Tonnerre, se anche avesse finito il servizio alle sette e dieci non moriva nessuno. Sempre sorridendo lei disse che le due chiuse prima di Tonnerre non sarebbero state aperte prima del giorno dopo alle nove. Nel loro francese inventato provarono a spiegare che non importava, se lei apriva quella chiusa si sarebbero avvicinati di cinque chilometri e da lí avrebbero potuto andare a piedi. Le avrebbero dato una mancia. Quella continuava a sorridere e dire di no.

– Brutta puttana apri subito quella merda –. Ora Lola era in piedi. – Siamo arrivati in orario, capito vacca? Puoi benissimo andare a casa dieci minuti dopo.

La ragazza la guardava e continuava a sorridere.

– Cosa ridi, idiota? Ti ho detto di aprire quella chiavica.

Urlava in italiano ma trovò un modo di spiegarsi perché la tipa si fece seria. Un ultimo no con la testa e se ne andò. Lola urlò ancora piú forte:

– Dove vai? Dove vai, ti venisse il cancro!

La ragazza camminava dando loro le spalle.

– Devi crepare, capito troia? Crepa! Fai un piacere al mondo intero. Crepa di una brutta morteeeee.

Ma quella, salita sulla sua peugeot, se n'era già andata. Increduli e sfiniti, i quattro si afflosciarono a sedere. Nemmeno indietro si poteva tornare, anche quelle chiuse sarebbero state riaperte solo il giorno dopo. Nessuno aveva la forza di dire niente.

Guardarono sulla cartina e notarono che c'era un paesino minuscolo lí vicino. Forse qualcosa si poteva tentare. Erano rimaste soltanto un po' di acciughe e crackers. Niente da bere. Lola, a bassa voce, continuava a mandare le sue maledizioni alla ragazza della chiusa.

Nel paesino trovarono una trattoria sfuggita ai controlli dell'ufficio igiene da almeno trent'anni. Ma anche lí, ancora una volta, una signora che evidentemente era la proprietaria non gli permise di sedere ai tavoli.

Lola cominciò a urlare come impazzita. I peggiori auguri delle peggiori malattie. I peggiori insulti a lei, alla Borgogna, al vino di merda, de Gaulle, Yves Saint Laurent e tutto quello di francese che le veniva in mente. Cesare la portò via di forza. Gli altri due, con la testa, le davano per una volta ragione.

Sulla barca finirono i crackers e le acciughe e bevvero l'acqua dal rubinetto dopo averla fatta bollire e poi raffreddare in frigo. Operazione che durò parecchio tempo e che diede poca soddisfazione vista la sete che le acciughe avevano mosso. Il silenzio veniva rotto solo da Lola che continuava il suo ritornello:

– Solo che venga mattina. Che quella puttana si faccia viva. Le metto le mani addosso. Deve morire male. Deve soffrire. Deve piangere fino a quando può. Fino a quando spira.

Tutto attorno era buio pesto. Le stelle si potevano vedere meglio del solito. Giulia lasciò scivolare una lacrima in silenzio. Jarno le mise una mano attorno alle spalle e la accompagnò in una cabina sotto.

Lola rimase sul ponte dondolando mentre imprecava.

La mattina dopo si alzarono non appena il sole si fece invadente. Lola era pronta, ancora seduta dov'era la sera prima. Ora faceva ballare la gamba. Cesare continuava a dirle di calmarsi. Lei ce lo mandava. Jarno e Giulia non potevano che assistere. Ogni tanto si permettevano di dire che bisognava stare attenti a non esagerare. Lei li guardava fra la compassione e il disprezzo.

Alle nove meno cinque arrivò una macchina. Non era la peugeot della sera prima. Ne scese un ragazzo sui venticinque. Lola, in un francese raffazzonatissimo ma con voce strillante, gli chiese come mai non c'era la ragazza della sera prima. Quello rimase in silenzio. Lola insisteva scaldandosi ancora. Ma il ragazzo continuava a guardarla e a non dire niente.

Lei allora si mise a urlare e a insultarlo con una foga per cui sembrava non riuscisse a prender fiato fra una parola e l'altra. Cesare la prese per un braccio ma lei se lo tolse di dosso spintonandolo e insultando pure lui in un misto di italiano e francese. Poi si rivolse di nuovo all'addetto alla chiusa e ora sembrava un'asmatica in crisi di soffocamento.

A un certo punto quello, con un filo di voce, parlò. Disse che la sua collega era morta. Un incidente in macchina durante la notte. Doveva aver fatto tutto da sola. L'avevano trovata solo due ore prima.

Ci furono un paio di minuti di silenzio. Dopo un po' Lola disse:

– Figuriamoci, sta facendo l'asino. Si è messo d'accordo con quella là. Sapeva che stamattina ci doveva affrontare.

Gli altri tre rimasero in silenzio. L'avevano vista bene la faccia di quel ragazzo. Jarno accese il motore. Cesare recuperò i picchetti degli ormeggi. Non alzava mai gli occhi. Giulia era seduta sulla panca dentro. Fissava una sponda. Lola si sdraiò di nuovo al sole. Rispose al telefonino:

– Ueh, Carla. Qui tutto benissimo. Sí, forse potevamo scegliere una tratta migliore ma sai, la barca, gli aperitivi...

Varcarono la prima paratoia. Indietro non si poteva tornare. Bisognava portare la barca a Venarey. La loro macchina era là. Quaranta chiuse piú in là.

Ristretto vuol dire ristretto

Se almeno tre delle prossime dieci macchine che l'avessero superato fossero state bianche avrebbe preso il raccordo per Ravenna. Niente, solo una. Si tirava dritto.

Se tre delle prossime sette fossero state guidate da una donna, si sarebbe fermato sulla riviera romagnola. No, soltanto due. Proseguiva.

Si teneva ai settanta all'ora sulla corsia di destra. Da una parte il panorama, dall'altra tutti quelli che lo avrebbero superato.

Se una delle prossime cinque macchine fosse stata una golf, avrebbe dovuto dormire in un motel annesso a un'area di servizio. Ovunque fosse. Il primo che trovava. Però quella biondina in smart, eh? Dove vai tutta sola? Niente golf fra le cinque. Guarda te, proprio la sesta.

A benzina era messo ancora bene. Tuttavia se nelle prossime tre stazioni radio avesse trovato un pezzo italiano, si sarebbe fermato a farla. Di piú: se le canzoni italiane fossero state due avrebbe fatto sosta all'autogrill. Se erano tre, oltre alla benzina e alla sosta, avrebbe preso la prima uscita dopo l'area di servizio. Ci fu un Concato. Americana. Una Mannoia. Benzina piú autogrill.

Il cartello diceva che mancavano quattordici chilometri al prossimo. Se ci fosse stato uno Spizzico avrebbe chiamato casa. Tanto lo sapeva che in quel posto non c'era nessuna pizzeria.

In ordine alfabetico veniva prima benzina che ristoro,

per cui prima si fermò al distributore. Fece mettere cinque euro. Voleva tenersi aperte tutte le possibilità, compresa quella di rimanere a piedi in caso di certe scommesse perse. Durante il rifornimento scese dalla macchina e si rivolse al tipo con la pompa in mano:

– Non mi chiede se ho bisogno di lavare i vetri?

Il tizio lo guardò come per controllare se stesse facendo il furbo. In genere li lavava quando facevano il pieno. Poi lasciò la manichetta in azione. Prese secchio, spugna e spatola per detergere. Fece notare tutto il suo compatimento. Quando, con la spugna, fu a dieci centimetri dal vetro il tipo della macchina gli fece:

– Oh, no grazie. Molto gentile ma sono ancora puliti.

Continuò per un po' a ringraziare mentre il tipo, sbattuta la manichetta nell'alloggiamento, tornò a riscuotere i suoi cinque euro. L'autista gli diede un pezzo da duecento. Disse che era l'unico che aveva. Aprí il portafoglio e gli fece vedere che non c'era nient'altro. Il benzinaio cercò di controllarsi e poi, imprecando fra sé e sé, tirò fuori dal marsupio tutti i pezzi necessari, li contò due volte mentre dietro suonavano il clacson e li consegnò schiacciandoli con rabbia nella mano aperta dell'altro. Che salutò molto cortesemente, mise in moto e si spostò qualche metro piú avanti. Tirò fuori un altro portafoglio dalla tasca della portiera, mise dentro il resto e ne estrasse un pezzo da duecento che mise, da solo, nel portafoglio appena usato.

Un paio di macchine lo schivarono maledicendolo. Decise allora di rimanere in quella posizione. Passati cinque minuti, dopo che nessun altro lo aveva insultato, riaccese il motore e si spostò nel parcheggio dell'autogrill.

Mise una mano dentro il cestino dei rifiuti di fianco all'ingresso. Frugò per un po'. Una coppia di tedeschi lo guardò schifata. Estrasse tre scontrini. Uno era di mezz'ora prima, un altro di circa un'ora prima, il terzo aveva stampato sopra diciotto e ventisei. Il suo orologio diceva che erano le diciotto e trentadue. Quello, pensò, andava bene.

Fece una lunga fila alla cassa fino a ordinare un caffè, una spremuta d'arancia e un bicchiere d'acqua. Si presentò al bar. Attese ancora con grande tranquillità mentre un'orda di turisti consumava la propria sosta voracemente. Lasciò anche che un paio di non aventi diritto lo superassero. Poi consegnò lo scontrino a uno dei due baristi che non lo guardò nemmeno in faccia. Prese il bigliettino, gli diede un'occhiata e si girò di spalle.

– Il caffè me lo faccia ristretto per cortesia.

Il tizio non rispose. La macchina del caffè gocciolava in una tazzina mentre lui buttava un paio d'arance intere nella macchina spremitrice. Con le due macchine in corso d'opera versò l'acqua in un altro bicchiere. Ne rovesciò un po'. Il cliente notò che stava grondando.

– Fa caldo, eh?

Quello alzò gli occhi al cielo. Con foga eccessiva mise la tazzina e i due bicchieri sul bancone. Versò un po' di spremuta sul ripiano. Non pulí.

– Certo che è dura a fine luglio.

L'altro lo guardò rabbioso. Poi prese lo scontrino del cliente successivo. La calca era insopportabile.

– E lei... ferie niente?

Il barista si girò, posò le mani sul bancone e lo scrutò in faccia minaccioso.

– Il caffè non era ristretto, – gli disse con fermezza.

L'altro si lanciò cercando di afferrarlo ma il cliente scattò all'indietro.

– Ristretto vuol dire ristretto.

Scese alla toilette. Il tipo delle pulizie era seduto al suo tavolo. Davanti a lui il cestino delle mance. Gli lasciò cinquanta centesimi. Entrò. Si fermò al primo lavello. Il dispenser per sapone liquido era vuoto. Entrò nell'unico bagno libero. Carta igienica fradicia nella grata a pavimento. Macchie resistenti nella tazza. La tavoletta era bagnata. La alzò. Mentre la faceva controllò le scritte sui muri. Tutta quella gente che prometteva faville. Erano davvero loro a dare il proprio numero? O era qualcuno che li aveva tirati in mezzo? Se la somma del primo numero in alto avesse dato un numero pari avrebbe chiamato e provato a verificare. La somma era dispari. Si sentí meglio. Uscí e aspettò che fosse libero l'altro lavello. Anche l'altro dispenser era vuoto. Si sciacquò la faccia. Non c'erano asciugamani di carta nel ripiano. Si asciugò sulle maniche della maglietta. All'uscita si mise di fronte al custode. Infilò la mano nel cestino e ne estrasse i cinquanta centesimi. L'uomo delle pulizie si alzò. Era piuttosto corpulento.

– Cosa fa?

– Riprendo i cinquanta centesimi di mancia che le ho lasciato sulla fiducia.

– Lasci giú subito quella moneta.

Nonostante il tono di voce e l'imponenza fisica di quel tipo, il cliente disse:

– Se lo scordi. Lei per me non ha diritto a nessuna mancia.

Si era già fermato, lí attorno, qualche curioso.

– Lei percepisce già uno stipendio per curare i bagni. E già quello se lo porta via ingiustamente.

Il piccolo capannello di persone si dimostrava d'accordo con lui. Il tipo delle pulizie non sapeva bene come reagire.

– Il fatto che ci sia un forte flusso di persone che hanno bisogno di una meritata sosta non giustifica la sua negligenza.

Qualcuno cominciava a scuotere la testa e a dire sí!

– Anzi, proprio nei momenti d'emergenza come questi lei dovrebbe garantire un impegno costante. Allora sí che comincerebbe, forse, a meritare le mance.

Gli indignati erano sempre di piú. Qualcuno cominciò a controllare il cestino e certo che di monete ce n'erano, forse era giusto riprendersi la propria.

– Chi mi dice che lei abbia messo quei cinquanta centesimi? Chi mi dice che non li stia rubando? – fu la trovata del custode.

Il gruppo di curiosi si girò in blocco verso il turista. In effetti era una domanda che richiedeva una risposta chiara. Lui rimaneva in silenzio.

– Allora? – insisteva il tipo dell'area di servizio, ringalluzzito dall'assenza di reazione dell'altro. – Rimetta quello che ha preso al suo posto. Lei è un ladro, – chiuse con grande soddisfazione. Gli porgeva il cestino con la mano sinistra. L'altro rimaneva immobile. Erano tutti in silenzio. L'uomo delle pulizie ogni tanto scuoteva il cestino. Ora si era alzato in piedi a sovrastarlo fisicamente.

Il turista rimase ancora un po' cosí, a guardarlo negli occhi. Poi, al momento giusto, se ne uscí con:

– Quella moneta è mia, su uno dei due lati c'è scritto ok a pennarello, – rispose tranquillo.

Il custode con un gesto lo sfidava a dimostrarlo. Lui ne mostrò un lato. Niente. Sull'altro c'era proprio scritto ok.

Alcuni dei curiosi che avevano allungato il collo per controllare se ne andarono dopo lunghi sguardi di disprezzo all'uomo delle pulizie. Il viaggiatore sentí per sé, invece, l'approvazione del pubblico improvvisato. Si mise la moneta in tasca. C'era affezionato, con tutte le volte che l'aveva recuperata.

Tirò fuori di tasca lo scontrino che aveva pescato dai rifiuti. Controllò le varie voci e si apprestò a ritirare gli stessi articoli dagli scaffali. Una noce di prosciutto al pepe. Un paio di confezioni di pasta colorata. Poi la voce liquori. L'unico che corrispondeva all'importo scritto era il latte della suocera dentro una bottiglia fatta a biberon. Pensò i gusti sono gusti. Alla voce giocattoli scelse un piccolo aliante con fionda annessa. Rimise lo scontrino in tasca. La coda davanti alla cassa era piuttosto lunga. Lui passò di fianco e imboccò l'uscita. L'antifurto cominciò a squillare.

Il cassiere scattò dalla sua postazione, uscí e gli si mise di fronte. Lo guardò bene. Lo prese per un braccio e lo riportò vicino alla cassa. Gli fece posare tutti i prodotti sul banco.

– Mi scusi. Cosa intendeva fare?

Lui non rispose. Teneva gli occhi bassi. La gente in coda cominciò a incuriosirsi.

– Cosa c'è... Non capisci? Sei albanese? – Il cliente stava zitto.

– Ma sicuro... non capisci. Vieni qua bello brillante, prendi la roba e ci provi. Non si sa mai, eh? Tanto se ti becchiamo tu non capisci, poverino –. Il cassiere si sentiva confortato dal consenso che saliva dalla coda. – Solo che qua sei cascato male, capito? Perché non si viene a rompere i coglioni proprio a me a fine luglio, capito Albania?

Dalla fila salivano mormorii di approvazione.

– Ma già, sei venuto proprio adesso perché con il casino che c'è era piú facile che qualcuno lasciasse correre, eh? Peccato che non hai trovato quello giusto. Perché...

Il presunto ladro fece un passo indietro ma il cassiere gli afferrò subito il braccio:

– ...dove vai? Ci provi? No tu adesso stai qua... fermissimo... mentre io chiamo la polizia. Quelli vengono ti acciuffano e ti sbattono dentro. Una settimana? Tre giorni? Una notte? Non me ne frega niente. Basta che vai un po' in frigo.

Il cliente da un paio di minuti lo guardava negli occhi. Il cassiere godeva di un impeto che lui stesso non si riconosceva. Le parole gli fluivano esatte. Godute.

– O meglio ancora ti prendono i dati e ti rimettono sul gommoncino. E te ne torni a casa tua. E rubi là. Che qua si lavora. E tanti saluti a Tirana.

Al pubblico scapparono un paio di applausi. Poi per un po' ci fu silenzio. Cassiere e presunto ladro si guardavano negli occhi. L'accusato, a quel punto, con molta accuratezza, estrasse di tasca lo scontrino. Lo porse all'altro. Qualcuno in coda succhiò l'aria fra i denti. Il cassiere, irrigidito, si mise a controllare le voci dello scontrino. Corrispondevano tutte con i prodotti sul banco. Controllò l'emissione.

– È di quasi mezz'ora fa, – disse con qualche speranza mentre sentiva che tutto il suo pubblico gli si rivoltava contro.

– Perché se lei non fosse cosí portato a sragionare dall'alta temperatura, – ribatté il cliente con una fermezza che non lasciava spiragli, – si rammenterebbe che circa mezz'ora fa ho saldato il dovuto e poi ho avuto l'emergenza di espletare una formalità fisica. Ah già, scusi. Probabilmente non capisce: sono dovuto correre al bagno.

Quel tipo, dunque, non solo non era straniero, ma parlava fighetto, pensò il cassiere. Sentí tutti quegli sguardi. Non c'era parvenza di pietà.

– Ora mi faccia la cortesia di chiamare sollecitamente un suo superiore.

Dopo pochi minuti era fuori. Alla fine aveva lasciato perdere il confronto con il superiore del cassiere. Lo aveva cosí costretto a ringraziarlo e a chiedergli piú volte scusa di fronte a tutti.

Dal cestino dei rifiuti da cui aveva estratto lo scontrino sporgevano il latte della suocera, l'aliante e gli altri prodotti presi dagli scaffali. Guardò verso le tre corsie.

Se quattro delle prossime cinque macchine in transito fossero state limousine, avrebbe chiamato casa entro la settimana.

Il rumore dei baci a vuoto

Per giorni e giorni si sarebbe chiesto come mai quella sera avesse scelto proprio quella strada. Ogni volta che era stato dai Bonacini, aveva sempre preso la provinciale. Cosa gli era girato per la testa stavolta? Quella stradina stretta e piena di curve. E adesso non riusciva a scacciare dalla testa quell'insopportabile proverbio... Chi lascia la strada vecchia per la nuova... vaffanculo i proverbi e chi li inventa.

– Ci sono anche Fede e la Sara?
– Sí, anche loro.
– E Marco?
– C'è anche Marco. Ti ho detto che ci sono tutti.

Non metteva piú suo figlio sul seggiolino montato dietro. Che gli dessero pure la multa. Va bene, c'era un bambino di tre anni e mezzo seduto di fianco a lui con la cintura di sicurezza che gli attraversava il collo... e allora? Avrebbero dovuto parlarsi guardandosi nello specchietto retrovisore?

Nonostante fosse quasi buio, si vedeva quanto l'autunno era esploso. Pensò che non era normale che a una stagione cosí malinconica corrispondessero colori cosí potenti.

– Perché la mamma non è con noi?
– Perché è già là ad aiutare la mamma di Linda a preparare la cena.
– Perché?
– Perché questa sera siamo in tanti e aveva bisogno di una mano.

– Perché siamo in tanti?

Goditi tutti i tuoi perché, pensò. Ti ritroverai, senza accorgertene, a smettere di chiederli. Oppure qualcuno lo eviterai con cura.

– Siamo in tanti perché ci ha tutti invitati la mamma di Linda.

– Allora c'è anche Linda?

– Massí, Milo. Ci sono tutti.

Qualche carro lasciato sotto i filari. Si sarebbe vendemmiato anche di domenica mattina.

– Ho sentito che tu e Maicol vi siete picchiati all'asilo.

Una pioggerella sottile sottile.

– Allora? Non mi dici niente?

– È stato lui.

– È stato lui a fare cosa? A picchiare o a cominciare?

– A cominciare.

– Spero che sia andata proprio cosí. Lo sai che se ti devi difendere va anche bene, ma non voglio che tu picchi mai per primo. Mai.

– Lo zio Alle dice che il primo che picchia vince.

Sorrise. Quel coglione di suo fratello.

– Lo zio Alle non ne dice mai una giusta.

Il gelato, nel baule, si stava probabilmente squagliando, ma non avrebbe fatto piú dei sessanta su una strada che conosceva cosí poco.

– E Milena? Vero che ti piace?

Gli venne in mente che da piccolo odiava quando cercavano di indagare sulle sue infatuazioni. E allora perché aveva fatto quella domanda? A un bambino di neanche quattro anni, andiamo. La complicità fra ometti, ma dài.

Fu proprio allora che quell'idiota di un gatto uscí dal fosso di fianco. Di colpo. Sbucato fuori a venti metri dalla macchina e poi piantato lí, in mezzo alla strada. Stregato dai fari.

Lui aveva affondato il piede sul freno ma il fondo era scivoloso per la pioggia. Fu inevitabile metterlo sotto. Ci fu quello sgradevole rumore, quel sobbalzo nauseante.

Il bambino non fece in tempo a finire cosa c'è? che venne strozzato dalla cintura di sicurezza. Il padre accostò di scatto. Gliela slacciò, se lo mise in spalla e cominciò a battergli la schiena. L'aria non passava. Si trovò a nominare Dio. Non lo faceva mai, ma suo figlio continuava a soffocare. Invocò chiunque altro là in alto – la voce sempre piú incrinata – ma le preghiere non sembravano contare. Le pacche sulla schiena erano ormai pugni. Lo rovesciò a testa in giú. Ma neanche quello serví. Cosa doveva fare? Cosa poteva fare? Via, al pronto soccorso. Al pronto soccorso, certo. Avrebbe fatto in tempo? Per forza. Suo figlio continuava a fare quei tremendi rumori con la gola. Stai qui! Stai qui! Stai qui!!!

Milo era smorto, lo scuoteva con sempre piú forza. Niente da fare, lo mise sul seggiolino dietro ma non riusciva ad allacciare la cintura. La lasciò cosí. Si fiondò al volante. Riavviò la macchina.

Le sue invocazioni erano diventate imprecazioni quando suo figlio sbottò in qualche colpo di tosse. Finalmente l'aria passava. Riprese a respirare. Era talmente spaventato che non riuscí nemmeno a piangere. Il papà, adesso che era finita, si sentí sfiancato. Ricominciò a respirare pure lui. Si afflosciò sul sedile. Poi lo raggiunse. Lo baciò sulla testa. Gli sparpagliò i capelli.

– Stai bene?

Il bambino fece di sí con la testa. Una lacrima rotolò veloce e silenziosa.

– Ascoltami bene: manca mezzo chilometro alla casa dei nostri amici. Io non ti lego piú ma tu stai fermissimo, va bene?

Fece ancora segno di sí con la testa. Non c'era bisogno di dirglielo. Sarebbe stato immobile. Qualsiasi cosa pur di non rimettere un'altra cintura addosso.

– Abbiamo fatto un incidente, papà? – La sua voce era ancora piú sottile del solito.

– No, piccolo, ho dovuto frenare per non investire un gatto.

Inserí la marcia e ripartí. Controllò dagli specchietti retrovisori. Del gatto nessun segno.

– L'hai preso sotto?

– No, ho fatto in tempo a frenare.

Fortunatamente suo figlio non arrivava ai finestrini. Lui si sarebbe anche fermato per soccorrere quella stupida bestia, ma non voleva che il bambino dovesse oltretutto assistere a qualche scena macabra. Ancora meno voleva che pensasse che suo padre uccideva i gatti. La sensazione della ruota che calpesta qualcosa di vivo gli tornò a galla. Non era come scavalcare una cunetta.

Suonarono il campanello. Per una volta Milo non gli aveva chiesto di andare a vedere le mucche. La stalla dei Bonacini ne teneva un centinaio. Per qualche motivo lo attraevano e ogni volta, prima di entrare in casa, c'era da fare *il giro delle mucche*. Ora invece se ne stava lí, mogio. Lui si era raccomandato che non dicesse niente a sua madre. In fondo non si era fatto male nessuno, no? Solo un po' di spavento eh, Milo?

Fu Giò, il padrone di casa, ad aprirgli la porta. Si salutarono. Gli mise in mano il gelato e la mano di suo figlio.

– Senti, vado a comprare il gelato.

– Come… – chiese Giò, – e questo cos'è?

– Ho dimenticato di prendere quello alla frutta.

– Ma se non lo mangia mai nessuno.

– Una volta che c'è lo mangiano, vedrai.

Tornato sul posto dell'incidente fermò l'audi sul ciglio della strada. Mise le quattro frecce. Scese. Vide che il vetro di un faro era spaccato. Piú sotto un componente elettrico penzolava attaccato a un filo. Provò a rimetterlo nel suo alloggio. Non ci stava. Si alzò e si guardò attorno. Erano le prime case della frazione. La strada discretamente illuminata. Controllò nel fosso, nessun animale e nessuna carogna. Percorse due-trecento metri. Niente. Provò a guardare un po' oltre. L'erba era bassa, se fosse stato lí l'avrebbe visto. Coglione d'un gatto. Com'è possibile, coi sensi che hanno, che non sentano quando arriva una macchina? Com'è possibile, svelti come sono, che si stordiscano nei momenti piú sbagliati? Non c'era niente nemmeno nel prato. Sull'altro lato perlustrò attentamente un paio di cortili. C'era una piazzola di parcheggio in mezzo a una decina di case. Aveva voglia di suonare qualche campanello per sentire se il gatto era di qualcuno. Se era tornato. Se, per qualche miracolo, fosse ancora vivo. Per qualche miracolo, poi... Non si dice che abbiano sette vite? Forse era andata cosí. Altrimenti avrebbe potuto vedere il cadavere adesso, no? Lui, comunque, aveva fatto quello che doveva. Risalí in macchina.

Si fermò al bar della frazione e comprò una decina di ghiaccioli al limone e alla fragola.

Era l'ultimo. I suoi amici già tutti seduti a tavola. Dieci adulti. Quattro bambini. Sua moglie. Suo figlio. Fuori dal lavoro non c'era un minuto del suo tempo che non passasse con qualcuna delle persone lí dentro. Erano pronti a mangiare. I bambini erano al tavolo apparecchiato per loro. Tranne Milo. Sembrava triste. L'unico nella casa. Anche sua moglie non era allegra, ora che lo notava.

– Cos'è questa storia dell'incidente? – gli chiese secca, già alterata. Si erano fatti tutti attenti. Il bambino si passava una mano sul collo. Proprio non ce l'aveva fatta a tacere, eh?

– Macché incidente... Nessun incidente.

– Milo dice che avete fatto un incidente –. Ancora piú dura.

– Ho solo dovuto fare una brutta frenata. Un gatto mi ha attraversato la strada.

– E Milo dov'era?

– Come dov'era? Era con me –. Cercava di prendere tempo ma ormai la scenata di fronte ai suoi amici era inevitabile.

– Non fare il furbo. Voglio sapere dov'era in macchina.

– Dài, Lalla, lo sai dov'era. Te l'ha già detto lui: era davanti.

– Ma allora sei proprio rimbambito.

Gli altri tenevano gli occhi bassi. Apparentemente sul proprio piatto.

– Va bene, dài, ho sbagliato. Non ce lo metto piú davanti. Mi sono spaventato anch'io, cosa credi? Però tutto è bene ciò che... bla bla bla.

– Sei capace di rischiare la vita di tuo figlio solo per la pigrizia di non montare il seggiolino dietro.

– Il seggiolino dietro era già montato –. L'aveva detto sorridendo cercando di sdrammatizzare. Il silenzio, però, era aumentato. Anche al tavolo dei bambini.

– Lo sai, è che mi sembra grande per stare ancora sul seggiolino. Ho sbagliato. Capita anche a me. Si può sbagliare?

– Ah, dici che ti... capita?

La discussione, pensò, stava per prendere una piega bruttissima. La interruppe.

– Senti, scusa... scusa e... scusa, ok? Ne possiamo parlare a casa per favore?

– E il gatto? Lo hai messo sotto?

– Ma no... è stato proprio per non metterlo sotto che ho dovuto frenare cosí.

Se avesse detto che l'aveva investito sarebbe venuto giú tutto. E poi suo figlio avrebbe saputo che gli aveva raccontato una balla.

Per fortuna, in quel momento, Giò portò sul tavolo una pentola di cappelletti fumanti, ripetendo dài finché son caldi. Uscirono dall'imbarazzo. Cominciarono a rimpinzarsi. Nonostante tutto quello che si dicevano e si ripromettevano, nonostante il maledetto colesterolo, i loro sabati sera erano all'insegna del godimento alimentare. A parte una coppia baciata dal metabolismo feroce, gli altri erano in sovrappeso. Anche lui. Anche sua moglie. Anche suo figlio.

Il gatto dei Bonacini girava fra i loro piedi. Di solito gli saltava sulle gambe perché gli passava sempre qualcosa da mangiare. Come mai stasera no? Prese una mezza fetta di prosciutto e la tenne in mano sotto il tavolo. Quello non si faceva vivo. Eppure sapeva che era lí sotto. Strano.

– Ho tre micini da piazzare. La mia Betty ne ha fatti sei. Qualcuno li vuole? – Era Tania, della coppia in peso forma. Per fortuna il regolamento del condominio in cui vivevano lui e la sua famiglia vietava il possesso di cani e gatti. Non che non gli piacessero, ma Lalla sarebbe stata capace di prenderne una trentina e occuparsi solo di loro.

– Di che colore sono? – chiese Giò.

Per una buona mezz'ora non si parlò d'altro che di felini. Il gatto di casa continuava a tenersi lontano da lui. Piú cercava di non pensare a quel rumore piú lo risentiva nitidamente. Doveva sapere se era morto o no.

– Senti, Giò, vendono ancora sigarette sottobanco, al bar?

– Credo di sí. Io ne ho se ne vuoi.

– Ma scusa, quante ne hai fumate oggi? – Era sua moglie.

– Ho dimenticato un pacchetto a metà al bar dove sono andato per l'aperitivo. Vado a comprarle cosí sono a posto anche per domani. Faccio una volata.

All'angolo della piazzola vide un gatto. Gli sembrò proprio quello che aveva investito. Si stava muovendo. Parcheggiò sul lato di fronte e si avvicinò piano. Il gatto emetteva lamenti strani. Almeno era vivo... Rannicchiato su se stesso, si stava leccando la parte inferiore della schiena. A vederlo meglio, quello, se non era un gatto molto grasso, poteva essere una micia incinta... Continuò ad avvicinarsi. Quando fu a un paio di metri da lui allungò piano le mani ben aperte, come a mostrargli che era disarmato. Faceva movimenti sempre piú lenti e con la faccia cercava di trasmettergli fiducia.

L'animale scattò, feroce. Fece appena in tempo a ritrarre la mano. A un niente dalle sue unghie.

Il gatto si mise a correre. Correre era un verbo molto poco appropriato. Le zampe avanti lo facevano. Il resto del corpo veniva trascinato compiendo improbabili, occasionali torsioni a spirale. Riuscí a guadagnare una macchina parcheggiata all'altro angolo della piazzola. Ci si infilò sotto.

Lí non lo si poteva raggiungere. Si poteva difendere. Chiunque sarebbe stato lacerato di graffi.

Lui, pensò, non poteva fare proprio niente. Si diede un'altra occhiata intorno. Da quelle case nessun segnale. Tornò in macchina. Raggiunse il bar una seconda volta. Riuscí a comprare le sigarette. Finché c'era ordinò un nocino.

Durante la cena i bambini guardavano i cartoni. Si ritrovò a preoccuparsi per Gatto Silvestro. Per quanto venisse strapazzato in qualsiasi modo, non c'era niente di cosí terribile come il movimento di quel gatto che correva con solo metà del corpo.

Volle ripassare per quel punto anche al ritorno verso casa. Alla moglie spiegò che faceva quella strada tanto per *chiuderla*. Era quella, diceva, in cui era capitato l'inconveniente con Milo e, ripassandoci, l'avrebbe resa *innocua*. Lalla decise di lasciar perdere e di non indagare su quella stranezza. Alla piazzola non c'era piú la macchina sotto cui il gatto si era nascosto. Tantomeno c'era lui. Lalla attaccò di nuovo la discussione che l'aveva pregata di riprendere a casa. Lui rispondeva distrattamente. Stava considerando quante possibilità aveva di farcela un gatto che forse aveva la schiena spezzata. Stava facendo infuriare ancora una volta sua moglie.

Sognò gatti tutta la notte. Fieri, scattanti, forti, crudeli, eleganti. Si svegliò stanco. Realizzò che era domenica mattina. Fuori c'era un cielo insolitamente terso. Si preparò con una sensazione di minore oppressione. Disse in casa che andava a far colazione al bar. Prese la twingo della moglie e tornò nel solito posto.

In pieno sole lo scenario era un'altra cosa. Il fosso non

puzzava cosí tanto di scarichi. L'erba rasata da poco. Nel parcheggino c'erano alcune macchine. Sotto non vide niente. Però, guardando meglio, trovò che sí, sotto una c'era un gatto.

Si avvicinò con cautela. L'animale si mise in allerta, si abbassò un po' tendendo le zampe, pronto allo scatto. Ora che gli era vicino non gli sembrava quello di ieri sera. Provò a spaventarlo con un verso e con un gesto improvviso della mano e quello uscí e scappò velocissimo. Proprio non era lui.

La luce del sole avrebbe dovuto svelare qualche segno. Invece non si vedeva nemmeno una goccia di sangue. Nessun corpo immobile o in trascinamento. Evidentemente, pensò, gli aveva dato una brutta botta ma non fatale. A casa sua si erano presi cura di lui. Ma sí, era andata cosí. Con un po' di tempo sarebbe tornato come nuovo.

Aveva mangiato con gusto una brioche alla crema e si era fatto un caffè doppio. Sentiva l'energia che continuava a risalire. Aspettò pazientemente che fosse libero il giornale sportivo. Quando fu il suo turno fece borbottare quelli in attesa leggendo anche le pagine sull'hockey. Stava pensando di fare la coda alla pasticceria *Novello*. Dopo un'ora parcheggiò la twingo di fronte a casa ed entrò con il pacchetto di paste in mano come domenica mattina comandava. Appena aperta la porta vide sua moglie con un bigliettino in mano. Era molto scura.

– L'ho trovato poco fa sotto il tergicristallo della tua macchina. Adesso mi spieghi.

Prese il biglietto. C'era scritto: *Adesso è morto!*

Un mese dopo si era abituato alla casa nuova. Era in affitto, certo, qualcosa di provvisorio, ma era un posto tutto suo. Se lo sarebbe mai immaginato di sentirsi cosí? Qualunque fosse il motivo per cui era successo ciò che era successo, era proprio quello che gli ci voleva.

Per un paio di settimane si era chiesto come fosse possibile che un matrimonio non reggesse l'urto di un gatto morto. Poi si era risposto che il gatto non c'entrava. Il matrimonio non reggeva l'urto di se stesso.

Non avevano ancora parlato di separazione. Erano lí ad aspettarsi l'un l'altra, qualcuno prima o poi avrebbe fatto una mossa. Desiderava molto stare un po' di tempo con Milo ma intanto lei, senza nessuna pietà, lo aveva fatto passare agli occhi di suo figlio come un assassino di gatti, un bugiardo e chissà che cos'altro. Avrebbe dovuto riconquistarlo. Dimostrargli che era ancora quello di prima dell'incidente. Il lavoro da fare era tanto. Solo non doveva avere fretta.

Cominciò a organizzarsi i sabati sera. La domenica mattina aveva preso ad andare a salutare i Bonacini. Era anche una scusa per ripassare da quella strada.

Ora che anche i suoi amici sapevano tutto, aveva chiesto a Giò se avesse mai notato un gatto come quello che gli aveva descritto. Gli aveva raccontato la zona dove avrebbe potuto abitare. In quella piccola frazione si conoscevano tutti, gatti compresi, ma uno cosí Giò non se lo ricordava. A maggior ragione non sapeva dirgli chi potesse avere scritto quel biglietto. Uno talmente determinato da entrare nel suo garage e piazzarlo sotto il tergicristallo dell'audi.

Probabilmente non era stato il padrone del gatto. Quello si sarebbe fatto vivo in altri modi, sfogandosi o addirittura chiedendo un rimborso.

Adesso erano arrivati a fare battute sul gatto e sul messaggero misterioso. Era un buon segno quel po' di leggerezza. Quando Giò gli chiedeva della sua crisi di matrimonio, lui diceva che andava tutto bene ma che ora doveva proprio andare. Ogni volta la moglie dell'amico gli chiedeva di restare a pranzo. Ogni volta rispondeva di avere fatto una spesa speciale per prepararsene uno coi fiocchi. Li salutava sempre bello allegro.

Una di quelle domeniche, all'altezza del solito punto, lo vide. Era proprio il gatto. Piú magro rispetto a come se lo ricordava ma era senz'altro lui. Zoppicava, ma appena appena. Era a caccia di qualcosa poco di là dal fosso. Accostò a una trentina di metri e si avvicinò a passi corti e leggeri. Meno metri di distanza rimanevano, piú dubbi si toglievano di mezzo. Ora gli era di fronte. Eccolo lí. Era imparagonabile il tempo effettivo in cui l'aveva visto dal vivo con quello in cui se l'era visto nella sua testa. E adesso c'era solo quel piccolo fosso a dividerli. Si piegò sulle ginocchia e cominciò a fare il rumore che si fa quando si danno baci a vuoto. Il gatto lo guardava. Lui contraccambiava, respirando profondo, facendogli arrivare la sicurezza di un sentimento. L'animale saltò il fosso e cominciò a girargli attorno sfregandosi ogni tanto. Lui non fece niente se non continuare a respirare calmo. Dopo un paio di giri il gatto gli saltò sulle ginocchia. Faceva le fusa. Lui si mise a carezzarlo. I rumori di approvazione del felino crescevano. Come fra gatto e padrone che si ritrovano dopo una lunga assenza. Rimase a coccolarlo per un po'. Il sole li scaldava. Se lo mise sul petto, poco sopra il cuore. Si alzò in piedi, guardò attentamente da una parte e poi dall'altra e attraversò con cura la strada. Andò a piazzarsi in mezzo alla piazzola, fra le case. Gli mise le mani sotto le zampe anteriori. Lo alzò in aria e cominciò a urlare:

– Avete visto? È vivo. È vivo!

In quell'urlo non c'erano né trionfo né sollievo. Era solo una notizia che doveva dare. Che sapeva da sempre. Nessun segnale dalle case. Solo una tapparella venne abbassata bruscamente. Se lo rimise vicino alla faccia. Si sfregarono un po' guancia contro guancia. Lo posò delicatamente a terra. Gli sentí il collo. Sembrava sottile. Fragile. Gli diede un buffetto sulla parte anteriore della schiena, dove quella sera l'aveva visto leccarsi. L'animale non ebbe nessuna reazione di ostilità. Cominciò piuttosto a tornare verso dove lui l'aveva trovato. Era un maschio. Riattraversò la strada con la solita imprudenza. Il gatto era vivo. Era sempre lí.

Mentre guidava pensò che se la sarebbe proprio goduta la preparazione del pranzo. Aperitivo. Paglia. Tv. Pignatte. Sughi.

Ci avrebbe messo il tempo che ci voleva. Forse che non si poteva pranzare anche alle quattro del pomeriggio? Lui poteva.

Il gatto sarebbe stato sempre lí.

Ora non aveva alcuna fretta ma se mai e, si ripeté, se mai ci fosse stata una cena di riconciliazione o di addio, avrebbe potuto cucinare il coniglio per sua moglie. Le piaceva cosí tanto.

Isola Verde

Mise giú la cornetta. Si portò le mani in faccia. Un altro credito che non avrebbe mai riscosso. Lasciò cadere le braccia sulla scrivania, soffiò fuori l'aria a lungo. Guardò dalla vetrata che dal suo ufficio dava sul magazzino. Pensandoci, a nessuno dei suoi clienti aveva mai detto andiamo nel *mio* ufficio o dobbiamo guardare nel *nostro* magazzino. Era sempre *in* ufficio o *in* magazzino. Come poteva sentirli *suoi*? Capannone e negozio in affitto. I rasaerba, i decespugliatori, i trattorini, le motoseghe e gli articoli da giardinaggio che avrebbe dovuto vendere all'ingrosso erano tutti in sospensione di pagamento grazie alle dilazioni che suo fratello gli faceva ottenere. Ma tutti da pagare.

Dopo otto anni di lavoro duro, le uniche cose di sua proprietà erano l'attrezzatura per le riparazioni delle macchine e gli arredi di uffici e negozio.

E poi ingrosso e dettaglio. Una ditta che faceva lavoro doppio con dentro solo quattro persone. Una ditta che era ancora sotto.

Guardò Pirro mentre litigava per l'ennesima volta con un cliente. Era davvero un bravo ragazzo e un meccanico anche migliore, ma quanti danni faceva. Capace di sistemare qualsiasi macchina, lavorava tante ore e non si lamentava mai, però non tollerava che la gente fosse negligente o, peggio ancora, non ne sapesse di motori. Come potevano non avere quel minimo di conoscenza e di cura che un tosaerba o un trattorino meritavano? Era fatto cosí: invece di benedire quella trascuratezza che dava lavoro a lui e alla ditta, doveva bacchettare, rimproverare, costringere i clienti a non tornare mai piú.

E Santino? Il suo muletto era là, fermo. In giro non c'era traccia di lui. Probabilmente era in bagno per un'altra canna ma cosa volevi dirgli? Aveva sempre gestito senza pecche sia il magazzino che il negozio e nei tempi morti risolveva spesso grane che non erano sue, anche se nessuno glielo aveva chiesto.

Dall'ufficio di fianco la radio passava l'ultimo pezzo degli U2. Impossibile non sentirla, Vinicio teneva il volume a palla. Bono Vox cantava di non aver ancora trovato ciò che stava cercando. Non si intendeva di musica ma quel pezzo lo si notava facilmente in mezzo a tutta l'elettronica e la plastica che girava in quel periodo. Certo solo lui poteva assumere un ragioniere che vestiva come un dandy e con la radio fissa su una stazione rock. E, come se non bastasse, mai puntuale. Però il suo lavoro lo faceva fino in fondo. Anche lui dava una mano in negozio o in magazzino ogni volta che ce n'era bisogno. E i conti li faceva tornare tutti. Purtroppo.

Insomma, pensava, se come commerciante poteva pure fare pena, forse come datore di lavoro no. Quei tre, a modo loro, davano il meglio. Era contento che per nessuno, lí, si trattasse di far venire le sei ogni sera. Ci davano dentro e facevano il possibile per raddrizzare una barca che non ne voleva sapere. Erano i primi a fargli coraggio e a inventarsi qualche nuova soluzione, nonostante avessero pochissime possibilità d'aumento e nessuna di promozione. Non sarebbe stato facile, pensò.

Il telefono continuava a squillare. Adesso non riusciva a rispondere. Vide quel cliente uscire dalla porta laterale senza salutare il meccanico. Pirro, alle spalle del tizio, gli rivolse le mani aperte verso l'inguine. Poi, rientrando nella sua piccola officina, notò che il capo lo stava guardando. Salutò allegramente e, mostrando il braccio, toccò col dito l'orologio. Il capo fece cenno di sí. L'appuntamento era confermato.

Meglio che suo fratello non lo sapesse: mai dare troppa confidenza ai dipendenti era una delle prime regole. Ma fra poco piú di un'ora sarebbe stata sera e basta. Con chi la passava erano solo fatti suoi. Voleva bene a suo fratello, ma quello proprio non accettava che non vedessero le cose allo stesso modo. Questa azienda l'aveva voluta lui. Era il direttore commerciale della piú importante società italiana di produzione di motoseghe e decespugliatori? Bravo. Aveva trovato uno spazio per aprire quella ditta usando il proprio portafoglio clienti? Ci sapeva fare, evidentemente. Ma perché aveva insistito cosí tanto con lui? Era davvero convinto che quello spazio avrebbe fruttato bene?

Avevano chiuso mezz'ora prima. Il capo aveva deciso cosí. Un'ora dopo avevano parcheggiato la macchina nei pressi dell'argine. Raccolsero tutta la roba e attraversarono a piedi un pioppeto. Nonostante non fosse l'ora delle zanzare, ne subirono un attacco violento. Arrivarono di fronte al fiume.

– Eccola lí: la Perla del Po, – ironizzò Santino.

– Va bene, questa è l'ultima battuta consentita in merito alla mia barca. Il prossimo se ne sta qui ad aspettarci. Oppure, se la dice a bordo, finisce in acqua. Intesi? – replicò Tullio, il capo, fingendosi risentito.

– Sí, bwana, – fecero in coro gli altri tre come un giochino fatto molte volte.

– Vuol dire che ti dobbiamo leccare il culo anche fuori dal lavoro? – Era Pirro.

– Ah, perché adesso sta a vedere che l'avete mai fatto.

– Un giorno sí e un giorno sí –. Vinicio.

La chiatta aveva l'aria di essere un po' messa insieme. Tullio l'aveva comprata con altri amici appassionati di pesca. Circa sei metri di lunghezza e fra i tre e i quattro di larghezza. Il casottino al centro occupava buona parte della superficie e faceva apparire la barca come una tenda galleggiante. C'era la sedia di fronte alla carrucola e le due manovelle con cui far salire e scendere il tramaglio dall'acqua. Il motore era appena appena adeguato alla pesantezza del tutto. Ma Tullio e i suoi amici tenevano quel barcone meglio che potevano. Volevano passare piú tempo possibile sul fiume in cui solo vent'anni prima facevano il bagno. Prima che tirasse gli ultimi.

– Ecco dove finiscono i guadagni dell'*Isola Verde*, – fece Santino riferendosi alla chiatta. Ora erano a bordo.

– Esatto! Si vedono tutti, ma proprio tutti i guadagni della nostra ditta, – rispose Tullio mentre preparava la barca alla partenza. Gli bastò guardare come gli altri tre se ne stessero lí, un po' inebetiti con quelle sportine in mano, per capire che gli avrebbe dovuto insegnare ogni cosa. Anche se era tutto molto semplice.

– C'è una poppa e c'è una prua anche qui sopra? – chiese Pirro.

Tullio stava al gioco e intanto apriva le finestre del casottino. Cominciò a tirare su l'ancoretta. Santino si era avvicinato al tramaglio. Lo controllò un po'.

– Sono pronto per i marlin. Hemingway, crepa d'invidia.

– Ehm, vorrei farti sapere che Hemingway è già crepato.

– Sí, ma di sicuro non d'invidia.

Ormai anche la cima era slacciata.

– Ho capito come funziona, capo, – disse Vinicio.

– Non chiamarmi capo.

– Ho capito come funziona, boss.

– Vai a cagare, ragioniere.

– No, ti dico che ho capito: ti sei portato la ditta dietro. Cosí tu peschi e il tuo ragioniere... – si segnava col pollice – ... li conta... – ridacchiò un po' insieme agli altri – il magazziniere li immagazzina... – risatine crescenti – ... e il meccanico sistema i problemi che senz'altro la barca avrà. E tutto senza una lira di straordinario.

– Oh, ragioniere, fai una cosa: chiamami pure capo. E stai muto fino a contrordine.

– Sí, bwana –. Ancora una volta in coro.

Tullio si preparò ad avviare il motore. I primi strappi furono a vuoto. Ogni volta gli altri tre urlavano olé. Dopo una dozzina di volte gli olé erano sempre piú alti anche se a Pirro cominciavano a prudere le mani. Finalmente il motore si accese e fu il boss a urlare olé. La chiatta si avviò goffa sulle acque placide.

Il capo decise di non insegnare niente agli altri tre. Santino era occupato ad apparecchiare nel casotto. Pirro stava accendendo zampironi e candele alla citronella dentro a piattini sparsi ovunque. Il ragioniere si stava spruzzando spray anti-insetto anche sopra i vestiti.

– Ma è vero che le zanzare del Po si fanno le pere di autan?

– Sentite ma... a proposito di zanzare... c'è una cosa che mi sono sempre chiesto, – era Santino, – l'aids si trasmette anche attraverso il sangue, no?

– E allora?

– E allora se si viene punti da una zanzara che ha punto un sieropositivo...

– Ma va' a cagare, va', – disse Vinicio, che comunque aumentò la dose di spray che si stava spruzzando.

Il tratto che stavano solcando fece zittire per un po' i tre neofiti: era inaspettatamente bello. L'acqua rimaneva torbida e scura ma attorno c'era una parte selvaggia che faceva pensare, se possibile, a qualcosa di ancora incontaminato. Tullio continuava a portare la barca tenendo nel frattempo d'occhio i movimenti degli altri. I tre, sotto sotto, sembravano apprezzare sempre di piú una certa solidità della chiatta e sempre di piú giravano lo sguardo attorno. Aumentavano i momenti di silenzio fra le continue battute a cui, in qualche modo, si sentivano costretti.

– Oh, Achab, quand'è che cominciamo a usare il tramaglio? – saltò su Pirro mentre guardava sotto.

– Ci fermiamo fra poco.

– Senti, ma qui si tirano su pesci o mutazioni genetiche?

In effetti l'acqua del fiume faceva immaginare qualsiasi cosa.

– E cosa penseranno loro quando vedranno un affare come te?

Il motore borbottava sicuro. Ora stava tramontando e si sorpresero ad ammirare di cosa fosse ancora capace quel vecchio fiume malandato. Chi se l'aspettava tutta quella bellezza? Erano lí, in una calma davvero insolita, su un legno che non solo non sarebbe affondato ma addirittura permetteva loro di guadagnare un nuovo punto di vista, da dentro. Stava per essere una perfetta sera di un maggio particolarmente temperato. Ed era raro, in quella pianura, assistere a un cielo cosí terso. Il sole andava a perdersi dietro una riva e l'altra era investita da quella luce calda e collosa in cui i direttori della fotografia vorrebbero sempre girare qualche scena. Loro la chiamano *magic hour*.

– Non è che vendi le cartoline di questo posto, boss? Mi piacerebbe mandarne una a Sonia.

Quando si fermarono in un'ansa era ormai buio. Tullio fermò il motore e buttò l'ancoretta. Il posto era riparato.

– Allora... chi vuole pescare?

Tutti e tre dissero io.

Pirro con una mano indicava se stesso:

– In questo caso il diritto è sempre del nonno.

Era stato il primo a venire assunto dall'*Isola Verde*. Tullio si mise a spiegargli il semplicissimo funzionamento del tramaglio. Il meccanico fece capire che era come se gli stessero insegnando a disegnare le aste. Si mise sulla sedia e cominciò a roteare le manovelle facendo salire e scendere quella rete. Gli altri tre si accomodarono nel casotto. Santino tirò fuori tagliere, coltello e salame, e cominciò ad affettare. Vinicio aprí i cartocci con il famoso erbazzone di sua madre. Tullio rispose con gnocco fritto e il parmigiano preso in quel caseificio che non sbagliava mai. Poi aprí la borsa frigo e ne cavò il lambrusco. Santino portò un po' di salame e un bicchiere di vino a Pirro.

– Tiri su qualcosa?

– Sí: una rete.

L'aveva già presa a cuore e mulinava con fin troppa foga. Sudava. Il magazziniere tornò dagli altri due. Poi, indicando Pirro, disse loro a bassa voce:

– Mi sa che oggi ne ha fatto fuori un altro.

– Ho visto –. Il capo ingoiò un sorso.

– Era difficile non vederlo, – aggiunse Vinicio, – cosa pensi di fare?

– Niente, cosa vuoi che faccia. Tanto siamo pieni di clienti, no? Uno piú uno meno...

– Forse è il caso che gli parliamo ancora noi due. Magari stavolta ci ascolta, – disse Vinicio.

– E magari Babbo Natale mi porta una svedese di vent'anni.

Ormai era buio. Tullio piazzò una torcia nell'alloggio sul tetto del casotto. Il fascio di luce formava un cerchio proprio dove Pirro stava pescando. Le candele alla citronella illuminavano quanto bastava per poter finire di mangiare.

– Oh, oh, ce n'ho uno, – urlò Pirro.

Vinicio e Santino si fiondarono verso di lui. Il magazziniere, con il guadino, recuperò il pesce dalla rete. Un affare di circa mezzo chilo. Lo mostrarono a Tullio tutti trionfanti. Era un cavedano, roba poco pregiata ma, forse, ancora commestibile. Pirro non riusciva a nascondere l'eccitazione. Il boss aprí una lunga rete dalle maglie larghe e l'appese a un gancio sul bordo della chiatta. La parte in fondo rimaneva in acqua. Ci buttò il pesce.

– Va be', adesso tocca a me, – azzardò Vinicio.

– Te lo scordi. Mi sono venute due braccia cosí a furia di smanettare e adesso che comincio a prenderne, secondo te, ti lascio il posto... Va' a finire l'erbazzone, va'.

Santino versò un po' di vino in quattro bicchieri. Una

volta che furono tutti serviti, alzò il suo. Nessun altro rispose, cosí dopo un po' disse:

– Oh, non vi siete accorti che sto per fare un brindisi? Volete alzare il braccino con la manina che tiene il bicchierino? Ecco, bravi, visto che non è impossibile?

Pirro non si distraeva dal fiume e, pur con il bicchiere alzato, agli altri offriva solo la schiena. Il magazziniere, finalmente, con grande soddisfazione proclamò:

– Al Santino che non vi aspettate, imminente papà.

Il tempo di realizzare e poi, Vinicio:

– La Carlotta è incinta?

– O lei o me.

I tre a turno andarono ad abbracciarlo e a congratularsi. Poi Pirro riprese in fretta il suo posto. Tullio si girò verso il lato buio del fiume. Vinicio rabboccò tutti i bicchieri:

– Be', se la mettiamo cosí, allora tenete pur su i bicchierini... avanti...

– Sei incinta anche te? – chiese Pirro sempre di spalle.

– No, a settembre mi sposo. E adesso voglio vedere se con me vi congratulate meno che con Santino.

Ci fu un altro giro di abbracci e pacche sulla spalla. Vinicio, le mani sui fianchi, teneva gli occhi sul pavimento del barcone.

– E allora, visto che ci siamo, ho anch'io un brindisi da proporre –. Era Pirro, sempre senza girarsi. Gli altri aspettavano increduli con i bicchieri a mezz'aria.

– Al mio cavedano. Che mi sa tanto che sarà l'unico della nottata.

Il boss tirò fuori il thermos e versò il caffè nelle tazze. Attorno era tutto buio, tutto calmo. Una calma che veniva però ogni tanto squarciata da tonfi e versi improvvisi. Rumori misteriosi, spesso boati. Ognuno diverso da quello precedente. Erano in mezzo a qualcosa di talmente selvaggio e potente e spaventoso che sentivano il bisogno di stare in silenzio. Il tramaglio aveva preso a cigolare. Pirro ne stava facendo una questione di principio. Santino prese la chitarra, si accese la canna e cominciò a strapazzare *Wish You Were Here*. Vinicio si sdraiò a guardare le stelle che erano tantissime. Tullio stava pensando di dare la mattina libera a tutti. Se stesso compreso.

Non venne pescato nient'altro, cosí decisero di spostarsi. Il motore faticò ancora. Questa volta però nessuno scherzò. Rimasero col fiato sospeso fino a quando non si accese.

Tullio li guardava, quei tre ragazzi, mentre li stava portando nella prossima ansa. Nessuno di loro aveva ancora fatto i trent'anni. Per qualche motivo amavano il loro lavoro. Uno aveva cominciato a essere padre. L'altro metteva su famiglia. E glielo avevano dovuto dire proprio stanotte.

Accostarono in un meandro in cui l'acqua era quasi ferma. La barca venne ormeggiata vicinissima a riva. Una grossa nutria, disturbata dal loro arrivo, scivolò via a pelo d'acqua. Santino riprese canna e chitarra. Vinicio passò al tramaglio.

– Dici che me le faccio tutte le ferie quest'anno, capo? – disse Pirro mentre sorseggiava altro caffè.

– Chiamarmi Tullio niente, eh?

– Va be', Tullio...

– Tu puoi sempre farti tutte le ferie che devi. Non te l'ho mai impedito.

– No, quello no. Però certi anni il lavoro è cosí tanto che non mi va di lasciare delle cose in sospeso.

– In quei casi le ferie ti sono state pagate.

– Oh oh, piano, non mi stavo mica lamentando. Era solo per parlare.

– Ce n'è. Ce n'è, – urlò Vinicio.

Il tramaglio era fuori dall'acqua. Dentro guizzavano tre pesci.

– Sono ancora cavedani. Forse abbiamo trovato un branco, – disse il boss.

Recuperarono velocemente i pesci e il ragioniere abbassò e rialzò velocemente il tramaglio. Altri sei. Partí la febbre.

Le urla di eccitazione diventavano strilli a ogni tiro di rete gonfiata e deformata dalla forza dei pesci. Freneticamente si alternavano al tramaglio, inciampando, imprecando, spintonandosi. Ma ognuno, almeno, aveva modo di tirare su la sua parte. Tullio recuperava i cavedani col guadino e li buttava sul pavimento dove saltellavano fino a mezzo metro di altezza. Gli altri rumori del fiume, per un po', sembrarono smettere.

A un certo punto il tramaglio cominciò a risalire vuoto. Per un'altra decina di volte fu cosí e allora Tullio chiamò tutti a recuperare i pesci saltellanti mentre andava a tirare su la rete con dentro il primo. Voleva divertirsi a vedere quei tre schizzinosi cercare di afferrare i pesci che rimbalzavano sul pavimento della chiatta. I cavedani avevano raggiunto ogni punto della barca e quelli sudavano e si affannavano ad acchiapparli senza sapere quanto stringerli perché non scivolassero ma, allo stesso tempo, non morissero. Alla fine si sedettero tutti e tre sfiniti con le mani rivolte verso l'alto in attesa di uno straccio o di un po' d'acqua.

Avevano cominciato il rientro. Nella loro rete c'erano quarantatre cavedani. Ogni tanto saltava fuori qualche battuta sui pescatori. Tonfi e boati facevano sempre meno paura. Fu in quel momento che Tullio partí:

– Ragazzi, vi devo dire una cosa.

Il tono era serio. Al punto che gli altri fecero subito silenzio.

– Ho deciso di mollare.

Ci fu ancora piú silenzio. Prese un po' di coraggio, allora, per dire, quasi d'un fiato:

– Troppe cose non si sono mai infilate e ormai si è capito che non lo faranno mai. *Isola Verde* è partita coi debiti e dopo otto anni in cui tutti abbiamo lavorato cosí duro cosa abbiamo? È rimasta con gli stessi sospesi. Sono otto anni che sento la cappa di quei debiti. Non mi ci sono abituato mai. Tutto il giorno quel pensiero. Tutti i giorni. Piú di cosí non possiamo lavorare e allora? I casi sono due: o questa ditta non avrebbe mai dovuto aprire oppure non sono adatto io a portarla avanti. Comunque sia, è meglio che lasci. Anche perché sono stufo marcio. Ancora non ho detto niente a mio fratello, ma ci penserà lui a trovare qualcuno piú capace di me a portare avanti la baracca.

Sulla chiatta si estese una specie di lunga apnea. Poi il respiro di ognuno sembrò riprendere. Il silenzio rimaneva intatto.

Fu dopo un paio di minuti che Vinicio disse la sua:

– Forse potremmo chiudere il dettaglio e concentrarci solo sull'ingrosso.

– Per assumere un altro paio di rappresentanti? – rispose Tullio.

– Se organizziamo meglio il lavoro in magazzino posso provare a uscire a vendere io, – proponeva Santino.

– Lo sai che le zone vicine sono già battute e strabattute.

La torcia illuminava una fascia sottile di fiume. Il resto era buio pesto.

– Possiamo ridurci per un po' lo stipendio –. Ancora Vinicio.

– Parla per te, io non mi faccio ridurre niente, – gli rispose Pirro.

Tullio cercava di nascondere il proprio disagio ma la proposta che aveva fatto il ragioniere, anche se inutile, lo aveva commosso.

– Tu che vedi i conti lo sai che stipendio ritiro per me. Meno di cosí... Non ci sono utili. Quelli sono gli unici soldi che porto a casa. Non c'è niente da ridurre a nessuno.

– E cosa andrai a fare? – chiese Santino.

– Qualcosa. Qualcosa da otto ore al giorno. E qualcun altro a decidere.

Il rumore del motore risaltava nel silenzio.

– Piú ci penso e piú mi sa che sei un gran pezzo di merda, – saltò su di colpo Pirro.

Ora nessuno faceva piú caso al motore.

– Ci sono due persone qua che ti hanno appena detto che stanno per avere figli o sposarsi e tu te ne freghi.

I due colleghi lo stavano fissando. Tullio sembrava preparato.

– Cosa c'è, non hanno dato abbastanza sangue in questi otto anni? Non hanno fatto del loro meglio ogni giorno? Cosa credi che ce ne freghi se provi a raccontarcela? Contano i fatti. E i fatti sono che li pianti in asso. Il grande capo democratico che lascia la radio all'impiegato e finge di tollerare le canne del magazziniere. E adesso che li metti nella merda, sotto sotto pensi sia giusto cosí.

– Piantala, Pirro. Stai esagerando, – intervenne Vinicio.

– Ah, sto esagerando, scusa. È vero che il *padrone* è sempre stato buono con noi. Che aumenti hai avuto in otto anni, eh, ragioniere?

– I conti li vedo. Quello che ha detto è vero e lo sappiamo tutti.

– E allora? Chi cazzo gli ha detto di aprire una ditta che non avrebbe mai potuto funzionare? E non tiratemi fuori la storia del fratello perché quest'uomo ha quarantadue anni. Quando ha deciso aveva tutta l'età che serve per intendere e volere.

– Chissà, forse nella vita ci si può anche sbagliare –. Tullio saltò finalmente su.

Pirro gli si avvicinò minaccioso.

– No. Quando sbagli, sbagli per te e, soprattutto, paghi tutto te. Non tiri dentro chi non c'entra.

Tullio degluti. Con una profonda amarezza guardò negli occhi il meccanico.

– Ma sai... non riesce a dormire, poverino, con tutti quei debiti. Tutti quei pensieri bruttibruttibrutti.

– Dài, Pirro, – cercò di fermarlo anche Santino.

– Avrà pensato: cosa possiamo fare? Be', posso sempre portarli sulla mia Perla del Po. Gli faccio vedere che bei posti conosco. La buttiamo sul pane, vino e salame. Se poi ho culo gli faccio anche tirar su un po' di pesci. Dopo, con calma, quando torniamo e loro sono lessi e contenti glielo dico: ragazzi, siete nella merda... però che bella nottata eh?

– Ho detto che lascio io, non che chiude l'azienda. Mio fratello troverà qualcuno.

Pirro respirò un po' prima di replicare:

– Ma allora ci vuoi proprio prendere per il culo. La ditta è il giochino che tuo fratello ha voluto per il suo Tullietto. Se te ne vai tu, il giochino si rompe e lo si butta via.

– Il giochino è già rotto, – ora anche Tullio alzava la voce, – l'azienda è destinata a fallire e io non voglio esserci quando capita, riesci a capirlo?

Pirro lo guardò con tutto il suo disprezzo poi gli si lanciò contro con uno spintone. Tullio perse l'equilibrio e cominciò a oscillare e cadere all'indietro. Si aggrappò al meccanico per restare sulla chiatta ma il risultato fu di trascinare anche l'altro. Finirono, attaccati fra loro, nel fiume. Vinicio e Santino si precipitarono e si sporsero dal barcone. Il buio non permetteva di vedere niente. Potevano solo sentire il rumore di qualche sciacquio. La chiatta si stava allontanando.

Santino si fiondò sul motore ma proprio non riusciva a innescare la retromarcia. Vinicio cercò di recuperare la torcia ma quella era incastrata nell'alloggio sul casotto. Finalmente ci riuscí e tornò sul retro con il salvagente. Puntò la luce sul punto dove gli sembrava che i due fossero caduti. Nessun movimento.

– Torna indietro... dàidàidài... torna indietro.

– Non riesco a mettere sta cazzo di retro.

– Non si vedono, merda. Non si vede niente.

Ovunque l'acqua aveva ripreso la propria piattezza.

Dopo qualche minuto Santino era riuscito a girare la barca. Si misero a pattugliare il tratto che avevano percorso. Ogni tanto si guardavano nella speranza di trovare una soluzione. Urlavano ci siete, oh, dove siete? ma non arrivavano risposte. Il barcone continuava a lasciare una scia leggera. Con la torcia il ragioniere perlustrava ogni angolo a portata di illuminazione, ma erano piccoli coni di luce in mezzo a troppo buio. Ogni tanto si metteva una mano sulla fronte. Santino, gli occhi sgranati, teneva il motore al minimo e porgeva un orecchio e poi l'altro verso qualsiasi rumore possibile. Il fiume non dava alcun segno diverso dalla sua normalità.

– Non può essere vero. Dimmi che non è vero, – ripeteva il ragioniere muovendo la torcia sempre piú freneticamente. Santino, alla guida, aveva smesso di allungare il collo: ora teneva la testa fra le spalle e muoveva solo gli occhi.

Di colpo la barca si alzò e smise di muoversi. Santino tirò il motore al massimo ma senza alcun risultato. Quando si accorsero di essersi arenati su una secca vennero presi dal panico. Il magazziniere continuava a correre da un lato all'altro della chiatta e guardando giú ripeteva nonono! Vinicio si era seduto, le mani dietro la nuca e le braccia sulla testa come a ripararsi da qualcosa lassú.

Santino saltò in acqua. Gli arrivava fino all'inguine. Raggiunse la riva e si mise a sedere lí. Non voleva farsi vedere piangere.

A un certo punto sentirono un fischio. Vinicio si buttò sulla torcia e la puntò verso la direzione da cui arrivava ma non vide niente. Ne sentirono un altro. Diresse il fascio di luce un po' piú in là. Ancora niente. Un terzo. Finalmente la torcia illuminò fiocamente, sulla loro stessa riva, una sagoma. Era circa trecento metri dietro.

– Siete lí? – urlò Vinicio. – Oh, siete lí?

Non arrivava alcuna risposta. Nessun altro fischio. Vinicio continuava a puntare la torcia. La sagoma era troppo grande per essere quella di una persona.

– Siete voi? Siete lí? Dite qualcosa, cazzo.

Santino era rientrato in acqua. Continuava a sfregarsi gli occhi. La sagoma informe si mosse un po'. Il ragioniere urlò a squarciagola.

– Ohhh! E alloraaaaa?

Finalmente da quell'ombra qualcosa si alzò. Avrebbe potuto essere un braccio. Santino scattò verso la figura inciampando piú volte. Anche il ragioniere si lanciò in acqua, raggiunse la sponda e lo seguí facendosi strada con la torcia.

– Fai luce, cazzo, fai luce! – gli urlava l'altro. E lui puntava il fascio un po' dove metteva i piedi e un po' sulle spalle dell'amico.

A un certo punto Santino si fermò.

– Era piú o meno qua, no?

Fece cenno di sí e girò la torcia tutt'intorno ma la figura era sparita. Ora c'era un silenzio come non si era sentito fino a quel momento. Poi, di colpo, un enorme tonfo in acqua a cinquanta metri da loro. La luce puntata permise di vedere solo acqua increspata.

– È senz'altro un siluro, – disse una voce lí vicino.

Vinicio puntò la torcia su una lingua di sabbia che sporgeva dalla sponda.

Poterono vedere che la strana sagoma era composta da due persone sedute e appiccicate l'una all'altra. Il meccanico, con la testa fra le ginocchia, stava singhiozzando. Tullio sembrava vedere qualcosa nel buio.

– State bene? – chiese Vinicio.

Pirro non alzò nemmeno gli occhi. Il capo guardava la chiatta. Fino alla prossima piena non si sarebbe potuta muovere. Senza spostare lo sguardo chiese:

– Chi si tiene il pesce?

Tutte le gare

Quando entrarono nello stesso bungalow di quattro mesi prima sorrisero nel ritrovare alle pareti del salottino quelle stampe di posate e, in camera, quel letto molle come non ne fanno piú.

Il facchino posò i trolley e, tanto per assicurarsi la mancia, spiegò il funzionamento dei vari comandi che conoscevano già. Quindi si ritirò sotto la pioggia battente.

Lei si tuffò sul letto. Lui aprí la valigia.

– Non ti sembra che là fuori sia tutto molto ma molto piú scuro?

– È novembre anche in Calabria, – rispose lui dal bagno mentre poggiava sul ripiano del lavello il suo beauty.

– Ho il tempo per una doccia?

– E me lo chiedi? Hai tempo per tutto –. Si stava sciacquando la faccia.

– Sí, ma fino a che ora si può cenare?

– Tranquilla.

Lei entrò in bagno e lui si mise a disfare la valigia. Schiacciò il pulsante *non disturbare*. Dal bagno arrivava il rumore dell'acqua che scorreva. Poi lei si presentò nuda con in mano una cartina di viagra.

– E questo?

– Ti metti a frugare anche nel mio beauty, adesso?

– Certo che sí, – disse lei sorridendo. – L'hai già usato con me?

– No.

– Allora non ne hai bisogno.

– Posso averne voglia.

Un'ora dopo correvano ridendo sotto la pioggia fino alla sala ristorante. Si sedettero allo stesso tavolo di sette colazioni e sette cene quattro mesi prima. Il cameriere raccomandò piú volte vini della regione ma lui si era impuntato su un piú potente chardonnay siciliano. Scampi e gamberoni sbucciati a mano e a mano portati alla bocca l'uno dell'altra. Dopo aver notato quanto a lui scappasse l'occhio sulla scollatura della tipa in rosso lei gli chiese se per caso volesse chiamare la mamma. Risero tutti e due mentre lui chiedeva scusa.

Durante l'amore si fissarono a lungo negli occhi.

Una volta finito, mentre lui si sforzava di non addormentarsi, lei corse a rispondere al cellulare, sotto carica nel salottino, chiedendo scusa nel tragitto: c'era Mara nei guai. Fu una lunga telefonata.

Nel frattempo lui seppe dalla tele, con qualche mese di ritardo, che un'italiana aveva vinto i cinque e i dieci chilometri di nuoto ai mondiali. Aveva avuto conferma di quali sono i fattori di rischio per il cuore. Aveva visto un vuoto orrendo nella faccia da anfibio di un critico cinematografico che blaterava fuori dalla vita.

Dopo un paio d'ore, erano a letto:

– Ma scusa... ci eravamo detti che lasciavamo il passato lí dov'è...

Lei gli rimaneva sdraiata di fianco, la bocca sulla sua spalla destra. Qualche schiocco. Stava insistendo nella richiesta.

– Dài, sta' a vedere che mi metto a fare il ragioniere. Vuoi che faccia la conta? Non ricordo bene –. Ma lo sapeva che la cosa non finiva lí. Aveva già provato a cambiare argomento piú volte ma lei non cedeva. Adesso giocava a fare gli occhioni, non c'era verso, voleva sapere.

– Va bene: circa una ventina.

– Siamo stati con una ventina di donne, – ripeté lei un po' giocosa senza far capire se le sembrasse un numero basso, alto o giusto.

Lui si alzò a prendere una san pellegrino dal minibar.
– Oh, fa freddo qui dentro.
Da sotto il piumone lei annuí. L'uomo verificò che i termosifoni emanavano appena un filo di calore. Tornò a letto e compose il nove.
– Pronto. Salve, guardi purtroppo qui il riscaldamento funziona male. No, no, è già regolato al massimo.
Lei stava controllando la rottura di qualche capillare sulle cosce.
– Fino a domattina niente? Ma non ha qualcuno che possa venire a dare anche solo un'occhiata? Sí, è mezzanotte ma... Ho capito che le dispiace, pensi quanto dispiace a noi.
Lei lo guardò invitandolo a mollare il colpo.
– C'è un altro piumone nell'armadio?... Be'... Buonanotte.
Mise giú il telefono. Appoggiò la testa sul cuscino girandosi verso di lei. Ironizzò:
– C'è un altro piumone nell'armadio.
La donna gli stava dando il profilo.
– E tu?
– Io cosa?
– Quanti uomini?
Fece finta di pensarci un po' su. Giocò a contarne tanti. Poi:
– Dodici. Riporto due.
Entrambi sembrarono provare un senso di sollievo. Poco lontano due gatti si stavano miagolando addosso il rito del calore. Lui giocava con un capello rosso che lei aveva perso sul cuscino. Chiese:
– Sei mai stata con un altro in questi quattro mesi?
Il no di risposta suonò eccessivamente sbrigativo. Lei scelse di non fargli la stessa domanda.
– Neanch'io, – fece lui comunque. – Be', oh: quattro mesi non sono pochi.
– Dici per non tradirsi?

– Per non tradirsi e per stare insieme come stiamo noi.
– Vuoi dire che stiamo insieme in modo speciale?

Lui non capiva se stesse scherzando o no, e non riuscí a coprire il proprio fastidio.

– Perché tu cosa dici?

Il bacio che lei gli diede era decisamente piú un sí che un modo per non rispondere. Mara la richiamò al telefonino.

– Dimmi Mara. Smettila di chiedere se disturbi, dimmi e basta.

Lui finí la san pellegrino. Accese di nuovo la tele. Schiacciò il mute.

– Ma ti senti mentre stai parlando? Riesci a capire com'è tutto assurdo? E allora...

Girò dodici canali e spense.

– Senti Mara una cosa cosí non succede e basta capisci? Lasciati in pace. Prova a dormire, leggi, guarda un film. Cambia pensiero. Dov'è Livio?

Lui andò in bagno. Curiosò tra flaconcini e tubetti. Non c'era niente di nuovo. Si sedette sulla tazza senza avere nessun bisogno. Aprí il rubinetto della vasca. Lei aveva portato da casa qualche candelina galleggiante. Pensò di preparare un bagno insieme. Solo che, scoprí, non scendeva acqua calda. Rimase comunque per un po' a guardare il flusso uscire, cadere, andarsene da qualche parte là sotto. Tornò in camera.

– Sei proprio una rimbambita –. Lo stava dicendo e rideva. Si sentiva ridacchiare anche nell'apparecchio.

– Va bene, adesso mettiti buona lí e non ci pensare piú. Prometti. Sí, te lo saluto. Buonanotte. No, non li prendo i giornali domani, perché non è successo hai capito? Piantala per favore. Ciao. Ciao.

Mise ancora il telefonino in carica. Rientrò sotto le lenzuola.

– Ti saluta la Mara.

Lui fece un cenno con la testa.

– L'ultima è che oggi ha urtato con la macchina un furgone per la consegna di bottiglie d'acqua. Lo sai com'è, in realtà l'avrà sí e no sfiorato. Lei, invece, si è fissata che per via della botta si è di sicuro incrinata una bottiglia, un po' di vetro è finito nell'acqua e qualcuno morirà perché lo ingoierà. Ti rendi conto? Si è messa a cercare il furgone per tutta Torino, dimmi te. Ovviamente non l'ha trovato. Ha già telefonato a sei case produttrici di acqua per sapere se avessero sentito di qualche incidente. Vedrai, stanotte non dorme e domani compra tutti i giornali per vedere se viene riportata la morte di qualcuno sventrato internamente da un vetrino finito in una bottiglia. E anche quando non avrà letto niente e sarà stata rassicurata da chiunque, continuerà a sentirsi un'assassina.

– Che peccato.

– La cosa incredibile è che è lucida quando ti racconta queste fisse. Addirittura ne ride. Ride e si angoscia: non può farne a meno. Comunque ha promesso di cominciare le medicine.

Si era accorta che lui stava pensando ad altro.

– Dove l'hai trovato?

– Che cosa?

– Il viagra.

– Lo spacciano all'*Ottantotto*.

Lei si mise seduta, la schiena contro la testiera. Il movimento aveva lasciato uscire il loro odore da sotto le lenzuola.

– Tu sei mai stato con un uomo?

Lui si girò di scatto verso di lei, incredulo, le sopracciglia alzate.

– Ancora? Ma ce lo siamo giurati, no? Dobbiamo lasciare stare il passato.

– Non l'abbiamo mai lasciato stare il passato. Solo quello sessuale.

– Senti, proprio qui, in questo letto, soltanto quattro mesi fa *tu* mi hai fatto promettere che non avremmo mai rivangato. Ti ricordo le tue *testuali* parole: prima di tutto sarebbe noioso farlo. Ma soprattutto potrebbe essere pericoloso, *pericoloso*, hai detto, ingelosirsi del passato è assurdo ma capita.

– Allora non ti senti sicuro di noi.

– Ma cosa c'entra. Sto parlando di un patto che hai voluto *tu*.

– Va be', ma le cose cambiano. Ci siamo detti tutto, non ho mai parlato tanto in vita mia. Anzi, a voler essere pignoli ci stiamo ripetendo. Manca solo quello. Dài.

– Potremmo tenerci qualcosa per i prossimi mesi. Chissà che non stiamo ancora insieme.

– Ma sí, dài, teniamoci qualcosa. Anzi, mettiamolo in banca che non frutti un po' –. Capí subito che cosí non avrebbe ottenuto niente. Si ammorbidí. Cominciò ad accarezzarle un braccio.

– Dài –. Un po' languida.

– Guardala qui com'è morbosa.

Lei gli si strofinò contro, gli occhi da Bambi.

– No. Non sono mai stato con un uomo.

– Mai mai?

– Ti dico di no.

– Nemmeno una cosina da poco… scappata quando eri ragazzino… e confuso… e forse valeva… un po' tutto?

– Allora diciamo che non ho mai avuto un rapporto completo con un uomo.

– Ho capito.

Aveva le gambe incrociate, spinnettava i piedi…

– Ho sentito che piove anche domani.

– Cos'è, fai la furba?

– Come faccio la furba?

– Adesso tocca a te.

– Hai visto che appeso di fianco alla porta d'ingresso c'è il dépliant con l'escursione in corriera? – Non riuscí a trattenere una risata.

Lui cominciò a farle solletico sui fianchi. Lei saltava, urlava, si dimenava.

– Ti ho detto… di non provarci… furbetta…

Anche lui rideva mentre aumentava la dose di solletico. Le era venuta una forza impensabile considerando che si stava spossando dalle risate.

– … tocca… a… te…

– Sí… sí… sí, – urlò lei.

Lui lasciò andare la presa e aspettò a braccia conserte. Da lei uscivano solo le risate in coda.

– Allora?

– Ma ti ho risposto, no? – Si mise a sedere ancora con l'affanno.

Solo in quel momento lui realizzò che quei sí erano già la risposta.

Si fece serio. Suonò il telefono sul comodino. Rispose:

– Sí… sí… sí… ha ragione ci scusi… si figuri… scusi lei. Buonanotte –. Mise giú.

– Era la reception. Quelli del bungalow vicino si sono lamentati del casino che abbiamo fatto. Hanno detto di portare pazienza e fare piú piano per cortesia.

Poi, fingendo un interesse statistico:

– Cosí sei stata con altre donne.

Hai capito la piccola? pensò. Be', in fondo era una cosa piuttosto frequente. Una delle fantasie piú diffuse fra le donne. Questo non diminuiva la bolla di caldo che sentiva nel petto. Subito se l'era immaginata in azione. La vedeva godere per tocchi e sfregamenti, sapienze piú precise rispetto a quelle di un uomo. C'erano parecchie domande che spingevano per uscire: quante volte, cara? Con quante donne, gioia? Sono state relazioni vere e proprie? È un desiderio che provi tuttora, tesoro? Quella che venne fuori fu:

– Com'è stato la prima volta?

Lei aveva chiaramente avvertito il suo cambio d'umore. Decise che usare l'allegria avrebbe minimizzato un po'.

– È stata una mia amica parecchi anni fa. Insomma… amica… una che conoscevo. Ha cominciato a parlarmi di un gruppo di ragazze che si incontravano ogni mercoledí sera a casa di una di loro. Serate per sole donne. Diceva che si stava benissimo, che non potevo sapere quanto, che davvero non potevo immaginare. Insisteva che almeno una volta le dovevo conoscere queste tipe cosí speciali e poi si raccomandava ogni due minuti di non parlarne con nessuno, faceva tutta la misteriosa. Insomma, a un certo punto la curiosità era troppa.

– Curiosità, – fece lui, – quindi?

– Quindi una sera sono andata con lei. Era un bell'appartamento in centro. C'erano altre sette donne. Alcune di loro le conoscevo già. Credo che ognuna fosse fidanzata o sposata. Semplicemente il mercoledí escludevano gli uomini.

– Ma che carine.

– Si divertivano un po'.

– Ma sí, poverine, un po' di svago mentre i mariti, becchi, facevano il pokerino.

– Questo non possiamo saperlo.

– Vuoi procedere, stella?

Si fece seria anche lei e cercò di chiuderla velocemente.

– Era tutto molto rilassato e... morbido. Luci, incensi, tende. Soprattutto loro si muovevano, parlavano morbidamente. Non è che ci fosse solo sesso. Alcune chiacchieravano e basta. Altre semplicemente si accarezzavano o si facevano massaggi.

– Cosí tutto quello che cercavi era qualcosa di morbido.

– Senti, forse è meglio se parliamo d'altro.

– Eh no, bimba, scusa ma adesso finisci.

– Cosa vuoi sapere? – Era stata secca.

– Sei stata con la tipa che ti ha portato lí?

– Quella sera sí, – ancora secca.

Quella sera sí voleva dire che c'erano state altre sere e che c'erano state altre cose combinate con le iscritte al club della morbidezza. Il racconto aveva già figliato un numero enorme di domande. Senza contare tutte quelle relative agli episodi fuori da quel circolo. Ma decise di non mostrarsi debole. O geloso. O morboso. O sfigato. Si accorse di una formica che stava camminando sul suo cuscino. La fece volare con un gesto del braccio.

– Mi dispiace averti provocato un fastidio, – disse lei sentitamente.

– Ci vuole altro per i miei fastidi –. Aveva dovuto dirlo, ma nemmeno lui ci credeva.

Potevano sentire che il rubinetto della vasca stava gocciolando.

– Certo che siamo partiti forte.

– Intendi questa sera? – chiese lei.

– Ma no, dico noi due.

– Su questo non ci piove. Almeno non qui dentro.

Fuori sembrava scrosciare.

– Insomma, dài: due si conoscono una sera e tre giorni dopo partono per una settimana insieme al mare. È una specie di record.

– Forse. Stai dicendo che sei pentito?

– Direi proprio di sí –. Rise per farla passare come battuta.

Lei trovò una formica sul bordo del lenzuolo ripiegato, la fece camminare su un dito, la mostrò a lui, scrollò il dito verso il pavimento. Le gocce dal rubinetto di là continuavano. Non uscivano altri argomenti.

– Mi sa che non sia stata una grande idea quella di festeggiare i quattro mesi insieme proprio qui.

– Perché? – chiese lei.

– Perché un conto è la Calabria a luglio e un conto la Calabria a novembre.

– A me piace.

– Ma è tutto scurissimo. Lo dicevi anche tu, prima.

– Qua dentro no.

– Guarda là quella macchia d'umido.

– Sembra una farfalla.

– Non va neanche il riscaldamento.

– Ma c'è il piumone di scorta.

– E poi è pieno di formiche, – disse indicandone un'altra che girava sulla testiera.

– Sono solo formiche.

Lui si alzò dal letto sbuffando e andò a chiudere il rubinetto in bagno. Tornò al suo posto.

– Guarda, un'altra.

Ora le formiche sulla testiera erano due. La tensione ce l'aveva addosso, inutile provare a nasconderla. Guardò la sua donna, poi davanti a sé, poi ancora lei. Prese fiato. Sbottò:

– Senti, è inutile che io ci giri attorno: ti devo fare un'altra domanda.

– Credo che per oggi le domande possano bastare, – disse lei un po' preoccupata.

– Probabilmente sí e, credimi, proprio questa non te la vorrei fare, ma ormai... devo, capisci? – Gli si vedeva la vena sulla tempia.

Lei aprí le braccia, si morse le labbra, si preparò.

– Hai mai... sei mai stata con piú uomini insieme?

Lei lasciò cadere le braccia sul letto. Continuava a tenere le labbra sotto i denti. Lo guardò fisso.

Lui dopo un po' girò la faccia dall'altra parte. Gli occhi avevano perso qualcosa. Lei fece per accarezzarlo ma lui si allontanò.

– Scusa, ma cosa cambia?

Lui rimaneva lí. Dove non era a portata di mano.

– Stiamo parlando di cose successe quando non c'eri.

– La frase piú usata al mondo per queste situazioni. Perché non volevi che parlassimo del passato? – La voce bassa e ferma. La mascella rigida.

– Va bene, va bene, avevi proprio ragione. Non parliamone piú per favore.

Videro altre due formiche sul bordo del letto.

– Adesso è tardi, capisci? Adesso... dopo che... tu... ne hai voluto parlare. Adesso che mi hai portato cosí in là... come faccio a non chiedere? – Stava quasi urlando.

– Puoi benissimo non chiedere. Basta non pensarci piú. Vieni qui, dài –. Stava domandando scusa senza volerlo.

– Ma come fai a non capire che se non chiedo penso il peggio? E che se chiedo forse mi tocca sentirlo, il peggio?

– Si tratterebbe comunque di un peggio che è passato. Non ti ho fatto nessun torto –. Ora anche a lei si era alzata la voce.

– Non riesco a non pensarti mentre sei coinvolta, mentre lo fai –. La parte piú dura aveva ceduto. Si vedeva quello che c'era.

– Mi dispiace tanto.

– Le dispiace tanto –. Le narici larghe.

– Mi dispiace, cosa ti devo dire? – scattò lei, – era una fase della mia vita. Mi andava bene cosí. Non ne sono particolarmente orgogliosa ma ero io a scegliere e non me ne vergogno. Mi dispiace solo che tu la viva cosí male.

– Se sapevo cosí portavo una boccia di champagne in camera. Brindavamo anche a quello.

Il telefonino riprese a suonare. Entrambi lo guardarono. Lei lo lasciò squillare.

– Una fase della mia vita... non avevi una merdosa uscita un po' piú originale?

Lei lo guardò offesa. Lo squillo continuava.

– Quante volte è successo?

Si mise a suonare anche quello in camera. Lui tirò su dopo il primo trillo.

– Pronto. Senta, sto litigando con la mia ragazza, ha mai sentito qualcuno litigare sottovoce?

Il telefonino andava avanti.

– Io mi calmo se e quando ne ho voglia. Dica ai nostri vicini di farsi un giro per lombrichi che domani si pesca e quanto a lei, invece di misurarci i decibel, guardi di piú il suo cesso: non c'è acqua calda, il riscaldamento non va, le stampe fanno vomitare ed è pieno di formiche... Cosa me ne frega se le formiche si spostano con l'umidità? Stanno girando nel letto di una stanza del residence di cui lei è responsabile, riesce a capirlo? Cosa vuol dire *sono solo formiche*? Ci dia subito un'altra camera... sono tutte piene... non ci si crede... me lo dice cosí... sono... tutte... piene.

Con la cornetta aveva sbattuto sul comodino, a tempo con le ultime parole. Poi si era fiondato sul telefonino che non smetteva di squillare.

– Senti, Mara: non è successo, hai capito? Non è morto nessuno per nessun vetrino di merda. Perché non hai provocato nessun incidente, ti è chiaro? – Urlava piú che mai.

Lei lo guardava pregandolo di andarci piano.

– Se per caso è successo può voler dire solo due cose: uno che era l'ora di quel tizio e tu sei stata la mano del destino, due che dovresti stare attenta quando vai in macchina, invece di investire un furgone e diventare un'assassina come probabilmente sei.

Riattaccò mentre riprese a suonare quello della camera. Lei si fiondò sul telefonino a richiamare Mara. Lui alzò ancora la cornetta.

– Cosa c'è? No, adesso li chiamo io i carabinieri...

– Scusa Mara ma abbiamo litigato... non voleva dire quello che ti ha detto...

– Gli faccio vedere in che condizioni alloggiate i vostri ospiti...

– Calmati per favore, calmati. Non hai... fatto... niente. Non l'hai neanche toccato quel furgone.

– Anzi, adesso li chiamo, vi denuncio e poi avviso subito il mio avvocato.

Invece attaccò la cornetta e staccò la spina.

– Promettimi che provi a dormire. Ti chiamo domani mattina appena mi sveglio. Ma, scusa, e Livio? Va bene, sdraiati e chiudi gli occhi: hai la coscienza pulitissima. Ciao... ciao... ciao... Appena mi sveglio... ciao...

Chiuse la comunicazione e spense il telefonino.

Rientrò a letto. Lui aveva il respiro alto e veloce. Le saltò addosso.

Fece l'amore con lei senza di lei. Fece tutte le gare che non aveva potuto evitare. Sbuffò e dannò. Una volta finito si ritirò sul suo lato dandole le spalle. Altrettanto aveva già fatto lei.

Poche ore dopo sentí che stava spazzolando il letto. Accese la luce. C'erano formiche ovunque. Cominciò a togliersele di dosso con gesti brevi e secchi. Controllò dappertutto. Fra peli e capelli. Poi ne tirò via qualcuna a lei. Si mise pure lui a spazzolare le lenzuola con vigore. Poi le presero ai due capi e andarono a sbatterle nel salottino. Fecero altrettanto col piumone. Lui schiacciava tutte quelle che vedeva a terra.

Lei si accorse che ce n'erano anche dentro l'armadio, fra i vestiti. Sbatterono le t-shirt, i jeans, le camicie e le gonne, i maglioni. Sbatterono le giacche, le mutande e i calzini. Sbatterono gli abiti da sera e li misero veloci nelle valigie che, poi, chiusero subito. Sul letto ne erano già salite altre. Lui col piede schiacciò contro la parete la fila che riusciva a raggiungere la testiera. Si abbracciarono spompi, in ginocchio sul materasso coperto male.

Riuscirono a dormire un paio d'ore. Si alzarono con rassegnazione. Fecero la doccia nonostante non ci fosse ancora l'acqua calda, dovevano lavarsi via qualsiasi cosa. Trovarono formiche infilate nei beauty, fra le setole degli spazzolini. Passarono sotto il rubinetto, pazientemente, ogni oggetto.

Si presentarono alla reception con i due trolley. Lui volle parlare con il direttore. Lo accompagnò al bungalow mentre lei era al telefono con Mara. Riuscirono a ottenere uno sconto sulla notte ma persero la caparra per la prenotazione della settimana. Tornarono a Torino.

Una volta a casa, lui lasciò cadere il trolley a terra ed entrò in cucina. Era stato un viaggio lungo, reso eterno dal loro silenzio. Stappò una paulaner e tagliò una fetta di fontina. Si sedette, accese il dodici pollici di fronte a lui, posò i gomiti sul tavolo e cominciò a mangiare. Pensò che aveva bisogno di non pensare.

Lei lo raggiunse:

– Puoi venire?

Entrambe le valigie erano a terra, aperte. Da tutte e due uscivano formiche. All'inizio si muovevano ognuna per conto proprio.

Poi sembrarono organizzarsi fino ad avere l'aria di marciare.

Loro due rimanevano fermi a guardarle.

– Sono solo formiche, – disse lui.

Non guardo

Il mal di testa con cui si svegliò era da urlo. Non fosse che, con un dolore del genere, urlare era l'ultima cosa che gli veniva di fare. Sentiva qualcosa di appiccicoso fra i capelli e sulla tempia destra. Quando provò a controllare si accorse che le sue braccia erano legate. Anche le gambe lo erano. Alla sedia su cui stava.

Sperò di essere dentro un incubo. Chiuse le palpebre per riaprirle dopo qualche secondo. Al quinto tentativo si rassegnò alla realtà.

L'ultimo posto in cui ricordava di essere stato da sveglio era l'autogrill. Proprio non riusciva a ricordare cosa fosse successo. Chiunque l'avesse rapito lo aveva scambiato per qualcun altro. Sfiga, sfiga, sfiga. Forse assomigliava a un chissà chi ricco sfondato. Sfiga. Ma appena si fosse fatto vivo qualcuno, li avrebbe pregati di non mostrargli le loro facce che si poteva ancora rimediare a tutto. Avrebbe spiegato con calma che tutti si sbaglia prima o poi, e che comunque non avrebbe detto niente in giro e lo giurava e se lo lasciavano andare non avrebbero avuto problemi e potevano riorganizzarsi e rapire quello giusto. Ma poi, c'era ancora qualcuno che faceva rapimenti? E quella cosa del blocco dei beni?

Il posto in cui si trovava doveva essere il garage di un'abitazione privata.

Alla sua sinistra c'era il portone basculante e dietro di lui era riuscito a scorgere una porta che poteva dare sull'interno di un appartamento o di una villetta a schiera o saperlo. Anche la lucina che illuminava a malapena il posto ce l'aveva alle spalle. Laggiú c'era un tavolo da lavoro con una morsa fissata sul lato. Al muro un pannello reggeva parecchi attrezzi. Sul pavimento l'alone di vecchie macchie d'olio e qualche truciolo di segatura.

Era una situazione che aveva visto in piú di un film. Il tipo che viene colpito alle spalle, sviene e si risveglia legato in uno scantinato. Di solito chi era al suo posto urlava aiuto! e provava a slegarsi. Lui sentí che allentare le corde era impossibile e capí che in quei film o erano imbranati i rapitori o semplicemente il buono doveva salvarsi ed erano tutti d'accordo e morta lí. In quel caso il buono era lui, ma le corde non si slegavano. L'unico modo che aveva per uscirne era convincerli di come stavano le cose: avevano sbagliato e basta. Di sicuro era meglio non urlare: sarebbe potuto succedere di tutto. Nel bene ma anche nel male.

Quell'autogrill, quell'autogrill. Chi aveva incrociato in quell'autogrill? Nessuno che conoscesse. Aveva parcheggiato vicino all'ingresso. Era andato subito in bagno, poi si era fatto un toast e un cappuccino. Proprio non riusciva a ricordare nessuna faccia nota. E nessuno che lo guardasse in qualche modo strano. Aveva dato un'occhiata al cestone dei dvd. La cassiera. Niente. Mentre stava per risalire in macchina, lí si era spenta la luce.

Se davvero lo avevano preso per qualcuno da rapire, dovevano averlo scambiato con quell'altro proprio lí, in quell'area di servizio, e dovevano aver deciso di agire di colpo. Sembrava troppo inverosimile. Sentí il panico aumentare.

Chissà che ore erano. Chissà cosa stava pensando sua moglie a casa. La macchina? Era ancora là? E lí dov'erano? In città? Nella sua città? In quanti erano? Quando si sarebbero fatti vivi? Finora aveva provato solo spiazzamento e paura ma adesso gli stava salendo la rabbia. Diede qualche scrollone alle corde senza sperare piú di tanto, comunque, di cavarne qualcosa. Sentí il cuore battere in maniera irregolare. Malediceva a caso chiunque. La stanza aveva cominciato a girare. L'aritmia del cuore aumentava. Svenne di nuovo.

Si riprese sentendo pizzicare la ferita. C'era un forte odore di disinfettante. Sentí di avere qualcuno alle spalle. Lo stavano medicando.

– Non vi guardo! Non vi guardo! – disse con una certa precipitazione. – No, perché volevo dirvi che avete sbagliato persona. Mi avete confuso con qualcun altro. Capita, il mondo è pieno di sosia.

Dietro di lui il tipo o la tipa, chiunque fosse, aveva smesso di tamponargli la ferita.

– Purtroppo noi siamo in bolletta. Magari avessimo la pila. Ve ne daremmo la parte che volete e noi ci occuperemmo di spendere quella che ci rimane –. Aveva pensato che fare il brillante e tenere un tono confidenziale avrebbe forse aiutato. – Però possiamo mettere a posto tutto, sapete –. Ancora non aveva capito se alle spalle ci fossero una o piú persone. – Cioè non posso dire che mi faccia godere prendere botte sulla testa e trovarmi legato mani e piedi in qualche garage, però capisco che uno si possa sbagliare.

Avevano ripreso a medicarlo. Si era convinto che ci fosse una persona sola. Lui, comunque, continuava a parlare al plurale.

– Ecco, per esempio, fate bene a non parlare. Cosí non vi si può riconoscere per niente. Guardare non vi guardo di sicuro. Ma se anche vi dovesse scappare qualcosa, vi giuro su mia moglie che non parlerei mai. Ci tengo alla pelle, sapete? – Sentiva di dover rendere pratico piú che poteva il senso del suo monologo. – Nel senso che lo so cosa mi capiterebbe se facessi il furbo. Si capisce che siete tosti. Mi trovereste o mandereste qualche amico a farla finita.

La luce dietro di lui venne spenta. Sentí il tipo allontanarsi e aprire la porta che dava su qualche interno.
– Non guardo, non guardo, – disse di nuovo.

Cercava di restare addormentato piú che poteva. Doveva essere presente il meno possibile a quella situazione. Al dolore alla testa, alle mani e ai piedi. E poi, da sveglio non poteva fare altro che pensare, ma i pensieri, ora, peggioravano il suo stato d'animo. Sentí aprirsi e poi richiudersi la porta alle spalle. La luce venne accesa.
Un omino sui sessanta-sessantacinque anni si tirò dietro una sedia e gli si mise di fronte. L'impulso del prigioniero fu di chiudere gli occhi e di girare la testa.
– Ho detto che non guardo.
Sentiva odore di pollo. Una forchetta gli veniva spinta contro la bocca.
– Non ho fame, non ho fame, – ripeteva a denti e occhi stretti. Il tipo, però, non mollava con quel cibo.
Dopo qualche minuto si rassegnò ad aprire bocca e occhi. Quella era una faccia che aveva già visto, ma dove? Una faccia che sembrava inoffensiva. Un affare di non piú di sessanta chili con addosso un completo semplice ma ordinato. Doveva essere una specie di custode-tuttofare di quella banda.
– Perché hai voluto farti vedere? Perché ci dobbiamo complicare la vita?
L'omino insisteva per farlo mangiare.
– Non riesco. Pensi che avresti fame tu nella mia situazione?
L'altro lasciò cadere la forchetta nel piatto.
– Senti, piú passa il tempo e piú sarà difficile tutto. Mia moglie mi cercherà. A quest'ora avrà già avvisato la polizia.
Era strano quel tipo. Lo guardava con occhi grandi e tondi che sembravano pieni di compassione.
– Bisogna risolverla questa cosa. Sarà meglio per tutti. Avete sbagliato. Non è la fine del mondo. Prendi il mio portafoglio e dài un'occhiata a chi sono.

Fu mentre lo disse che, posando meglio la natica destra, sentí che il suo portafoglio non c'era piú. Glielo avevano già preso e controllato. Uno squarcio di freddo lo investí. Il rapitore si era allontanato, aveva spento la luce. A quel punto, giusto o no, cominciò a urlare.

Ora faceva di tutto per addormentarsi. Bisognava evitare la realtà e i pensieri. Impossibile ma doveva almeno provarci. Sapevano chi era e non lo avevano liberato. Allora non si parlava di uno scambio di persona. Forse non era nemmeno una banda. Forse aveva fatto tutto da solo, l'omino. Un serial killer? Uno psicopatico?

Chiunque fosse, gli si era ripresentato ora davanti. Teneva una coperta sul braccio.

– Per favore, – disse il prigioniero, – ti prego... ti prego...

L'omino gli mise la coperta addosso e la sistemò con cura:

– Buonanotte, – disse, con una tenerezza che suonò assurda.

Doveva essere giorno. La luce segnava i contorni della porta basculante e di una finestrella di cui non si era ancora accorto. L'unica cosa che poteva fare era concentrarsi sul tipo. Dove l'aveva già visto? Se era rimasta una scappatoia passava di lí. Dove? Dove? Nel suo quartiere no. Al supermercato? No. Se lo sarebbe fatto tornare in mente.

Non era passato tanto che l'omino si ripresentò con una bistecca. Posizionò la solita sedia di fronte a lui e si accomodò. Il prigioniero cominciò a urlare:

– Vaffanculo. Cosa cazzo credi di fare?

Il vecchietto, impassibile, lo fissava.

– Ti volevi far riconoscere? Ce l'hai fatta, mentecatto. Ma non c'era bisogno perché ho buona memoria. Mi ricordo benissimo di te. E adesso, brutto demente, dove vuoi arrivare?

L'omino, sempre il piatto con la carne in mano, si alzò e si avviò per tornare in casa. Nel frattempo l'altro sbraitava ancora piú forte:

– Tu sei fuori di testa. Fatti curare. Anzi, adesso mi slego e ti curo io.

Il prigioniero sentiva che il tipo si era avvicinato all'uscita alle sue spalle ma ora sembrava rimanere fermo in ascolto. O forse si preparava, ancora una volta, a colpirlo vigliaccamente. Continuò a gridare:

– Stai attento. Stai attento quando torni qui. Perché mi libero, lo sai che prima o poi mi libero.

La porta dietro di lui era stata richiusa.

– Ma non pensare che io scappi. No no, mi slego e poi ti aspetto quaggiú. Preparati. Preparati alla tempesta, psicopatico del cazzoooo!!!

Era passato probabilmente un giorno intero – cosí gli sembrava – quando il rapitore si ripresentò. Aveva con sé la stessa bistecca. Almeno sembrava riscaldata. Cominciò a imboccarlo. Questa volta il prigioniero accettò il cibo.

– Hai esagerato, – disse mentre masticava, – io probabilmente ho sbagliato ma tu hai proprio esagerato.

Il tipo continuava a imboccarlo senza concedere nessuna espressione.

– Ho reagito male, ti chiedo scusa, ma posso spiegarti cosa mi stava capitando quel giorno? – Era chiaro che il rapitore non avrebbe risposto a niente. Partí con il racconto, allora.

– Dieci anni che cerchiamo un figlio, io e mia moglie. Dieci. Un inferno di calendari della fertilità, consulti, casistiche, terapie ormonali. Lei, ormai, che ne fa una questione di vita o di morte. Io mi sarei anche fatto una ragione. Abbiamo provato e riprovato di tutto. A un certo punto, però, le ho strappato la promessa che se non ce l'avessimo fatta entro quest'anno, ci saremmo messi il cuore in pace. Bene, come per miracolo, cinque mesi fa, al quarto tentativo di fecondazione assistita, resta incinta.

Una felicità esaltante, completa, ma durata poco perché, quasi allo stesso tempo, è partito il terrore di perderlo. Precauzioni inutili e di ogni genere, paranoia, un paio di chiamate al giorno al ginecologo. Il sollievo di avere finalmente quello che avevamo sognato era continuamente messo alla prova da troppe ansie. Qualsiasi cosa facessimo o non facessimo sembrava poter minacciare quella gravidanza. Non riuscivamo a rendere niente naturale.

Quel giorno ero fuori di me. Mia cognata mi aveva chiamato urlandomi al telefono che Valeria, mia moglie, era caduta dalle scale al lavoro. Come sta? Come sta? le chiedevo e lei mi diceva che si doveva essere rotta il malleolo o qualcosa nella caviglia e che era sotto shock, sbraitava di salvare il bambino. I medici non riuscivano a calmarla. Il bambino, si sapeva qualcosa del bambino? Mi disse che non si sapeva niente ma corri corri.

Mi sono fiondato piú veloce che potevo con il clacson premuto fisso e passando col rosso sempre. All'ospedale, ecco dov'eri.

La bistecca era finita. L'omino gli fece bere un po' di bonarda.

– Ero sicuro di averlo visto prima io quel posto. Ero già al terzo giro di parcheggio e non ce la facevo piú. Capisci? Non ce la facevo piú. Probabilmente c'eri prima tu, non lo so, come faccio a saperlo? Ma in quel momento quel posto era mio, capisci?

E invece te lo sei preso tu. Ti ci sei infilato come un'anguilla mentre ci sbracciavamo contro l'un l'altro tocca a me, no tocca a me. Poi, quando hai visto che scendevo dalla macchina ti sei chiuso dentro. Non mi guardavi neanche. Insomma, tu, come ti saresti sentito al mio posto?

Ti ho detto delle cose tremende, vero? Ricordo solo che mi bruciava la gola e che continuavo a stramaledirti. Restavo lí a insultarti e a battere contro i finestrini della tua macchina mentre mia moglie, poco distante, aveva bisogno di me. Tu, immobile, guardavi avanti.

L'omino gli tamponò la bocca col tovagliolo. Ora che ci pensava non si ricordava di averlo visto in quell'autogrill. Il tizio doveva averlo seguito dalla città. Lo aveva aspettato di fianco alla macchina e poi colpito. Che determinazione in un affarino cosí.

Poi quel tipo estrasse dalla tasca interna della giacca una foto. Una bella donna sui cinquantacinque che da giovane doveva essere stata splendida.

– Tua moglie? – chiese il prigioniero.

L'omino girò la foto e gli mostrò il retro. Era un ricordino da funerale. C'erano la data di nascita e quella di morte. Quella di morte risaliva a un mese prima.

– Mi stai dicendo che per insultare te ho offeso anche lei? Che le ho dato della puttana o roba cosí?

L'omino mise via la foto con molta cura.

– E lei era là dentro, malata?

Il prigioniero era sempre piú stanco.

– Allora è questo. Stiamo parlando di questo –. Espirò a lungo tutta l'energia rimasta. Si afflosciò sulle corde. – Lo capisci, vero, che in quei casi si fa per dire? Non ho mai conosciuto tua moglie, per quale motivo avrei dovuto pensare quelle cose di lei, qualsiasi cosa abbia detto?

Il rapitore si lisciava i pantaloni con il palmo delle mani.

– C'è poco da dire. Ti chiedo scusa. Piú di cosí non posso fare, – disse il prigioniero, sfinito. Chi lo aveva rapito non smetteva di guardarlo negli occhi.

– Posso chiamare mia moglie? È immobile a letto. Una gravidanza difficile.

L'omino avvicinò la sedia alla sua e gli mise un braccio attorno alle spalle. Si misero a piangere insieme.

Le ragioni del silenzio

Fino a quel momento era stato un giorno come un altro per i Paterlini. Era stata lei a cambiare tutto.

L'aveva detto come quando c'è da togliersi il dente. Forse aveva sperato che con una frase pronunciata in fretta potesse ancora passarla liscia. Chissà, se lui avesse detto scusa, ero distratto oppure dicevi, tesoro?, avrebbe potuto prenderlo come un segno e fermarsi che faceva ancora in tempo. Lui invece disse:

– Non azzardarti a dirlo nemmeno per scherzo.

Aveva capito bene. Era tardi anche per provare a farlo passare per uno scherzo. Rimase con gli occhi bassi. La faccia poggiata sui pugni. I gomiti sul tavolo.

– Ohhh! – disse lui mentre le scuoteva gli avambracci.

– Oooooohhhhh! – Adesso era sconvolto. Si muoveva a scatti. Urlava ooohhh mentre le dava scossoni che la facevano sussultare violentemente ma lei rimaneva con la faccia incollata ai pugni, a guscio.

La fissò per un tempo che le sembrò interminabile. Erano entrambi immobili, scossi solo da respiri sempre piú rapidi. Lei teneva gli occhi chiusi. Lui, gli occhi, li girava fra sua moglie e il cesto dei giornali.

Poi si alzò in piedi barcollando. Mentre le passava dietro, le venne di proteggersi la testa con le mani. Arrivò al frigo. Vuotò mezza bottiglia d'acqua a canna. Caricò il rutto come per far uscire molto piú di un po' d'aria. Tornò a sedersi dov'era prima. Sembrava mancargli il fiato.

– Mi vuoi morto? – disse con un filo di voce.

– Lo sapevo che me lo avresti detto... – Lei parlava con la bocca coperta dalle mani, pronta a proteggersi. Senza alzare lo sguardo. Una bambina di sessantasei anni. – Certo che no.

– Perché? – In pochi minuti lui, di anni, sembrava averne aggiunti dieci ai suoi settanta. – Perché sei stata zitta per quarant'anni?

La sua domanda restava senza risposta.

– Perché me l'hai detto adesso?

Ancora silenzio.

– Perché me l'hai detto?

Lui si mise una mano sulla fronte. Rimase fermo cosí per qualche minuto. Poi si rialzò di colpo. Lei, di nuovo, racchiuse istintivamente la faccia fra i pugni. Lui, appoggiandosi ai mobili, raggiunse il telefono.

– Pronto, ciao Ezio, sono io.

– Per favore, no, – disse lei dal tavolo.

– Senti, devi venire qui subito.

– Lascia stare, dài, – insisteva sua moglie.

– Lo so che è tardi ma è urgente.

Lei si passò le mani fra i capelli. La voce di suo figlio al telefono, non ne distingueva le parole ma ne sentiva l'agitazione.

– No, no, la mamma sta bene. Sí, sí, è qui. Vieni, ti aspettiamo. Fai presto.

Detto questo schiacciò il tasto rosso. Compose un altro numero. Sua moglie, ora, si era lasciata andare sullo schienale, le gambe distese sotto il tavolo.

– Ciao, Carla, sono io.

La signora Paterlini lasciò cadere la testa con un sospiro.

– Io e tua madre abbiamo bisogno che tu venga qui subito. Sí, lo so che è tardi anche per te, è tardi per tutti. No, non c'è da chiamare nessuna ambulanza e cos'è successo te lo diciamo quando arrivi, va bene? Dài, fai presto.

Si rimise stancamente a sedere al suo posto. Aspettarono in silenzio.

Mezz'ora dopo la famiglia Paterlini era riunita attorno a quel tavolo. Ezio e Carla, sopraffatti dall'ansia, continuavano a chiedere cosa c'è? cos'è successo? Il signor Paterlini continuava a guardare loro due e poi sua moglie, loro due e sua moglie. Quando fu il momento disse:

– Non siete figli miei.

Fu necessario un lungo tempo di realizzazione, fatto di sguardi e abbozzi di sorriso per vedere se scherzava. Ma la madre teneva gli occhi bassi e il padre sembrava seriamente invecchiato.

– Che cosa? – chiese il primogenito.

– Che cosa? – ribadí la sorella minore.

– Vostra madre mi ha appena detto di avervi concepito con un altro uomo.

I due sgranarono contemporaneamente gli occhi. Il padre sembrava sfinito.

– A dire la verità sono stati due uomini diversi, – precisò, sempre con gli occhi bassi, la signora Paterlini. In cuor suo credeva che quella notizia avrebbe potuto fare stare un po' meglio il marito che, casomai, immaginava un'unica tresca durata anni. La signora Paterlini credeva male.

– Che cosa?

– Che cosa? – ripetevano i due figli.

– Adesso è meglio se ve ne tornate a casa. Io e vostra madre dobbiamo parlare a lungo.

I due figli sembravano ancora incapaci di realizzare.

– Avete cominciato a farvi le pere a settant'anni, voi due? – chiese Ezio.

– Vi ho detto che io e vostra madre adesso dobbiamo restare da soli.

– No, adesso io voglio sapere tutto, – saltò su Carla.

– Fuori di qui! – intimò il signor Paterlini che recuperò i loro cappotti e glieli mise in braccio. Cominciò a dirigerli verso l'uscita.

Ci furono alcuni minuti di resistenza ma ormai il padre li buttava fuori a spintoni. I figli dei signori Paterlini si ritrovarono sul pianerottolo, la porta sbattuta alle loro spalle. Tesero l'orecchio verso l'interno dell'appartamento. Sentirono la loro madre dire:

– Sei contento, adesso?

– Non sono mai stato cosí lontano dall'essere contento in vita mia.

Per tutta la notte e il giorno dopo il signor Paterlini non diede tregua alla moglie. Erano entrambi spossati e affamati ma il marito non avrebbe mai ceduto e allora lei, al limite di tutto, cominciò a rispondere alle sue domande.

– Eri tu quello che *doveva* avere figli. Quante volte ti ho detto che potevamo farne anche a meno, che in fondo c'eravamo noi due e se proprio i figli non venivano saremmo stati bene comunque?

Il signor Paterlini tamburellava col pollice sul tavolo.

– Ma tu no... Totalmente fissato. Ti ricordi il panico quando hai compiuto trent'anni? Non ce la facciamo, non ce la facciamo, dicevi. Ma non lo accettavi. C'era da farlo due-tre volte al giorno. Non ti preoccupavi di me, di come stavo, se provavo piacere. E non facevi mai l'amore, facevi tentativi per un figlio.

Il pollice batteva piú velocemente sul tavolo.

– Avevamo tutto il tempo del mondo – io avevo solo ventisei anni –, ma ormai non c'era niente da fare. Per te era l'unico pensiero, non c'era altro. E quell'ossessione ci stava cambiando. Ci aveva già cambiati. Dovevo fare qualcosa per salvare il nostro matrimonio e farlo tornare come prima.

– Praticamente una martire.

– Te la senti di dire che senza i tuoi figli ti saresti messo tranquillo?

– Non sono miei figli.

– Certo che lo sono.

– No, non lo sono e adesso non c'è tempo per il giochino del sí e del no, vai avanti.

La signora Paterlini non aveva piú forze, e pensare che era appena cominciata.

– Sono stata con quell'uomo solo due volte.

– Eh ma che brava. Solo due volte. Che bravo lui che con pochi colpi ha fatto quello che io non facevo negli anni. E bravo io a bermela ben bene. Siamo bravissimi. Bravi tutti. Fondiamo un club?

– Lui non c'è piú. È morto sei anni fa.

– Doppiamente bravo, non si fa trovare presente quando viene tutto a galla. Che discrezione. Che signorilità. Posso sapere chi era?

– Non lo conoscevi.

– Posso sapere lo stesso il suo nome?

– Si chiamava Tienno.

Effettivamente in vita sua non aveva mai conosciuto nessuno che si chiamasse Tienno.

– E ti ci sei divertita?

– Il mio obiettivo era un altro.

– Ma ti ci sei divertita o no?

– Molto poco.

Molto poco non era *niente*. Immaginarsi sua moglie ora come ora insieme a qualcun altro era un conto. Ma pensarla insieme a uno sconosciuto con un nome come Tienno, nel pieno dei suoi ventisei, gli faceva un male cane.

Pensò a quando Ezio era nato. A com'era da bambino. Qualche volta gli era venuto di pensare che non si somigliassero, ma c'era sempre qualcuno che glielo diceva quanto fosse uguale a lui.

– Chi lo dice che è stato lui e non io a metterti incinta?

La donna si fece un po' di forza per poter dire:

– Ne sono sicura.

– E come fai a essere sicura?

– Lo so.

Quel *lo so* gli suonò talmente convincente che si rassegnò e basta.

Ezio non era carne della sua carne. Era come un figlio adottivo a insaputa di tutti tranne di sua moglie.

– E quel Tienno sapeva di Ezio?

– No.

Ezio. Ezio. Ezio all'asilo, a scuola. Nelle giovanili di basket. Ezio adolescente, all'istituto tecnico, innamorato e lasciato. Cresciuto. A militare fra i bersaglieri, lontano da casa. Ezio che sbanda. Ezio che torna in carreggiata. Trova un lavoro bello. Si sposa. Ezio che fa un figlio che solo ieri era suo nipote.

Ognuna di quelle volte Ezio *non* era stato carne della sua carne. Ripensandolo staccato da quel vincolo, il signor Paterlini sentí salire un'onda di tenerezza e amarezza insieme. Non riuscí a trattenere una lacrima. Sua moglie stava per carezzargliela via quando lui, orgogliosamente, spostò la testa di scatto e disse:

– E adesso passiamo a Carla.

Con Carla, disse la moglie, era andata tale e quale. Si ricordava che a un certo punto *ci voleva* il secondo figlio? Si ricordava tutte le pressioni che le faceva? Non le aveva nemmeno chiesto davvero la sua opinione. Le faceva la posta piú volte al giorno, ancora senza amore, ancora con quel pallino fisso. E a ogni mestruo una tragedia, il muso per giorni e giorni.

Non si ricordava che si era messo a tenere il calendario? Che il periodo fecondo di ogni mese si prendeva le ferie per poterlo fare ancora di piú? Non si ricordava la fatica che faceva tutte le volte che si imponeva di fare l'amore – chiamiamolo cosí – anche quando si vedeva che non ne aveva voglia?

– E chi è stato quella volta?

La signora Paterlini confessò che si era trattato di un ragazzino di dieci anni piú giovane di lei. Ammetteva che quella volta c'era stata tenerezza. Si chiamava Roberto. Suo marito non conosceva nemmeno quello.

Lui, che aveva deciso di affrontare tutto, trovò quest'ultima botta letale. Venne fuori che anche Roberto non era in circolazione. Le ultime notizie che la donna aveva avuto, tanti anni prima, lo davano a Benidorm dove viveva con un altro uomo.

Per il signor Paterlini ci fu da pensare a Carla. Ci fu da rivederla venire al mondo e poi crescere, crescere, crescere fino a com'era adesso. Ci fu da ripassare ogni momento con quella nuova, terribile informazione. Fosse un incubo o una realtà maligna, sentiva di non meritarselo. Anche se aveva provato all'epoca a forzare la natura. In fondo cercava solo di avere figli.

Ma ora gli serviva che il quadro fosse completo. Come aveva conosciuto quegli uomini? Era rimasta in contatto? Aveva pensato a loro qualche volta mentre era a letto con lui? Lo aveva tradito con altri?

E poi ripeté le piú difficili: Perché sei stata zitta quarant'anni? Perché me l'hai detto ora? Perché me l'hai detto?

Quando finí di avere le sue risposte, alla fine di due giorni terribili, l'orologio a muro indicava le tre e mezzo di mattina. Erano entrambi distrutti. Lui disse:

– Andiamo a letto.

Lei obbedí con entusiasmo. Era passata. La parte piú dura era alle spalle.

Aprí gli occhi. La sveglia segnava le undici e venti. Da tanti anni non si alzava da letto cosí tardi. Lui non era lí.

Il mercoledí era giorno di mercato, senz'altro era giú in piazza. I suoi amici non mancavano nemmeno un mercoledí. Caffè, giornale e chiacchiere. Andò ad aprire la finestra. C'era già un po' di nebbia, chissà come sarebbe stato sotto sera. Le girò forte la testa. Si lasciò cadere sul letto prima seduta, poi sdraiata, poi di nuovo seduta. Dopo un po', quando la stanza sembrava essersi fermata, con grande cautela si rimise in piedi. Erano stati due giorni devastanti. E i suoi anni erano tutti lí con lei.

Fece passettini di pochi centimetri per andare verso il bagno. Nel tragitto si appoggiava con le mani dove poteva. Diede un'occhiata veloce allo specchio. Fece una faccia delusa. Si tirò indietro i capelli. Si sedette sulla tazza. Dalla finestra filtrava luce grigia. Era meglio che si sbrigasse e scendesse per un po' di spesa, in casa non c'era piú niente. Da seduta, mise a fuoco il piano d'appoggio di fianco al lavandino. Non c'erano il rasoio né la schiuma da barba, lo spazzolino né il dentifricio. Non c'era niente della roba di suo marito. Sospirò profondamente. Si sorprese di non essere cosí sorpresa.

La signora Paterlini versò il caffè nelle due tazzine. Carla sorrise. Negli ultimi mesi era passata ogni giorno, dopo pranzo, prima di tornare al lavoro. Appena arrivava si guardavano, lei e sua madre, per capire se qualcuna avesse novità, ma piú passava il tempo e meno ci contavano. Anche Ezio, come suo padre, si era allontanato da loro. Aveva solo fatto sapere da che parte stava. Aveva dichiarato tutta la sua ammirazione per quell'omino che gli aveva fatto da padre per trentotto anni e che a settanta se n'era andato a farsi un'altra vita chissà dove. Che palle aveva. E poi da dove aveva preso quell'abilità? Era passato quasi un anno e lui, in tutto quel tempo, non aveva lasciato tracce.

Carla carezzò il dorso della mano di sua madre. Ogni giorno era piú sciupata. Ogni giorno piú invecchiata. Mai un filo di trucco. La ricrescita dei capelli da tempo si era mangiata tutta la tinta. Aveva smesso i rammendi.

La signora Paterlini anche quel giorno, come ogni altro, ripeteva le solite cose. Che non riusciva a farsi una ragione di quel silenzio. Che le sarebbe bastato sapere che lui stava bene. Solo quello. Per il resto suo marito avrebbe potuto fare tranquillamente tutto ciò che voleva, dove voleva, con chi voleva.

Da un po' di tempo Carla si forzava ad aspettare pazientemente che ogni volta sua madre terminasse quelle frasi a ciclo. Finito il rito dello sfogo, si guardava bene dal rimanere sull'argomento. Non riuscivano piú a farsi coraggio a vicenda.

Ma quel giorno, dopo tanto, mentre girava il cucchiaino nella tazzina, decise di affrontare la questione:

– Quindi chi era il mio vero padre? – Lo disse con leggerezza, come per favorire un po' di complicità. Sua madre le girò le spalle.

Nell'appartamento di fianco qualcuno seguiva una soap ad alto volume.

– Dài, mamma, chi era e soprattutto *com'era* –. Ridacchiava mentre lo diceva. Voleva che fossero amiche, confidenti. Comunque che la prendessero meglio. Piú leggera. E poi diverse volte fra sé e sé si era detta: però, hai capito la mammina? Come si muoveva bene.

Anche se non riusciva a vederla in faccia, le era sembrato che qualcosa si fosse finalmente sciolto in sua madre.

– Scommetto che era un figo di prima, eh ma'? – La ragazza stava quasi ridendo e notò con piacere i sobbalzi di sua madre, sempre di schiena.

– Ti sei divertita un sacco, altroché.

La signora Paterlini non riuscí piú a trattenersi e si lasciò andare a un riso a metà isterico, ma comunque irrefrenabile. Sua figlia le andò a ruota. Non riuscivano piú a fermarsi.

– Prima o poi però... uhuh... mi dirai il... ahah... nome. Mi farai vedere... la foto... del mandrillo.

Si ritrovarono a ridere come raramente era capitato in vita loro. Mai, comunque, insieme. Faticavano a prendere fiato. Nell'appartamento di fianco venne alzato il volume della televisione. Dopo qualche minuto erano stremate ma non riuscivano comunque a smettere. Con le lacrime agli occhi la madre disse:

– Non è vero... ohoh... niente.

– Non è... vero... ihihih... cosa, ma'?

– Non è... ehhhheh... vero.

– Ho capito… non è vero. Ma cosa… eheh… non lo è?
– Voi due siete… ahahah… stati concepiti da vostro… ohohoh… padre.
Carla ora rideva un po' meno.
– Stai… scherzando… eheh…?
– Per… ohohoh… niente.
La figlia si fece seria di colpo. La madre pian piano smise di ridere pure lei.
– Mi stai dicendo che ti sei inventata tutto?
– Sí, – disse la signora Paterlini mentre si asciugava le lacrime.
Sua figlia la stava guardando come si guarda un marziano.
– Fissami negli occhi e giura che non è vero niente –. Ora erano tutt'e due molto serie.
– Giuro, – le disse la madre mentre si sistemava i capelli e tirava su col naso. Poi si mise a sorseggiare il caffè ormai freddo.
Carla rimase per un po' a studiarla, persa nella propria incredulità.
Sua madre. Che donna era sua madre?
– E perché l'avresti fatto?
La signora Paterlini, il mignolo alto, girò del tutto la tazzina e finí il caffè. Mise la mano su quella della figlia.
– Tesoro mio, le giornate, qui, negli ultimi anni sono sempre state molto lunghe –. E aggiunse: – Volevo solo muovere un po' le cose.
La tv nell'appartamento di fianco diceva che una certa compagnia telefonica non ti faceva spendere quasi niente.
Carla mise i gomiti sul tavolo e ci si poggiò avvicinandosi alla faccia di sua madre.
– A parte gli scherzi, ma'…

– Allora, alla salute.

– Alla salute, – risposero gli altri tre in coro.

Toccò, uno a uno, i loro bicchieri col suo. Sgranava gli occhi verso ogni interlocutore.

– Ehi, ehi! – rimproverò alla sua ragazza, – non te lo dico piú, eh... ci si guarda negli occhi quando si brinda. Se no è un augurio falso.

Teresa disse ah già e rifece il rito questa volta sbarrandoli fin troppo.

Gian Maria mandò giú il franciacorta d'un fiato.

– Lo si dà per scontato ma, insomma... è un gran augurio quello che ci si fa quando si beve con qualcuno. Alla salute! – l'aveva ripetuto portandolo con una certa enfasi, – cosa si può augurare di meglio? È una delle poche convenzioni davvero efficaci della nostra lingua. Giusto giusto i francesi fanno altrettanto: santé.

– Eh sí.

– Vero, – confermarono l'uomo e la ragazza all'altro lato del tavolo.

– Solo che per il nostro dottorino, qua, rischia di non essere un vero augurio. Se tutti fossero in salute, lui farebbe la fame.

– Vero anche questo –. Diana con un risolino.

– Potrei sempre buttarmi in veterinaria. Dovremmo essere piú o meno lí, – rispose il medico, – solo che, poi, non potrei piú passarti i campioncini che mi chiedi sempre. Forse la tua ragazza non ne sarebbe cosí contenta.

– Ecco cos'era... – Teresa rise e diede un buffetto alla spalla del suo ragazzo.

Gian Maria era proprio contento che Pietro fosse lí con loro. Da quanti anni era suo paziente, ormai, non lo ricordava piú, ma fin dalle prime visite si erano trovati. Ora, ogni volta che entrava in ambulatorio, se lo trovava lí, nel suo camice, che non appena lo vedeva alzava gli occhi al cielo come per dire ancora qua e sbuffava e sorrideva. Poi apriva la finestra, si accendeva una sigaretta, gliene offriva una, metteva i piedi sul tavolo e si scambiavano le ultime barzellette. Dopodiché, per carità, faceva il suo dovere ma tendeva a minimizzare quasi tutto. Quello sí che era un dottore.

A pensarci bene non sapeva niente di lui.

Non sapeva neanche come mai avesse accettato il suo invito. Gli aveva proposto un'uscita a quattro con la sua ragazza e un'amica mooolto simpatica. L'aveva proposto quasi per scherzo ma lui aveva detto subito di sí.

Ora le ragazze stavano andando in bagno insieme.

– Allora, dutòr, è o non è... simpatica?

– Per essere una che non ha ancora parlato direi di sí.

– Se ti fidi di me può dimostrarti tanta di quella simpatia che tu non ne hai idea.

– Mi stai dicendo che mi farà ridere cosí tanto?

– Dài, dutòr. Ti piace o no?

– Professionalmente parlando è di un'anatomia rilevante.

– Senti, io la conosco bene e ti garantisco che è una a posto. E si capisce che le piaci. Adesso, non è che voglio andare tanto in là... Voglio solo dirti che intanto, se ti vuoi divertire un po'...

– La porto alle giostre.

– ... andiamo da me. Ho solo una camera, però la sala è tutta per voi e ho un divano che è quasi meglio del letto.

– Per me va bene. Solo che prima devi togliermi una curiosità che ho da quando ti conosco, Gian Maria.

– Pronto! Chiedi.

– Sei piú Gian o piú Maria?

– Cambierebbe qualcosa, scusa?

– No, è che se vengo a casa tua mi piace arrivarci preparato.

Ghignarono entrambi mentre le donne li stavano raggiungendo. Anche al conto pensò Gian Maria.

La casa era poco lontana. Il dottore, dalla propria saab, poteva vedere che i tre, sulla macchina davanti, si mantenevano allegri. Andò cosí per un po' anche in sala, davanti al bicchiere della staffa. Poi Gian Maria fu di parola: dopo una decina di minuti aiutò Teresa ad alzarsi dal divano, le mise il braccio attorno alle spalle e la portò in camera. Dissero buonanotte.

Diana e il medico rimasero per un po' seduti senza dire niente.

– Certo che non perdi tempo, eh, – disse all'improvviso lui.

– In che senso, scusa?

– Ma sí, dài, un paio d'ore dopo aver conosciuto uno... già pronta...

Diana lo squadrò. Risentita. Incredula.

– D'altronde ti capisco. Quando c'è di mezzo un medico... figo... di trent'anni, fanno tutte come te.

Diana si sciolse un po' allo scherzo.

– E cosí è pieno di donne che vogliono venire curate?

– Non ne esistono altre al mondo.

– Mi viene voglia di presentarti una mia amica femminista.

– Verrebbe a farsi curare pure lei... e a me toccherebbe farlo... sai... quell'impegno che ci prendiamo con Ippocrate.

– A parte gli scherzi, com'è fare il medico?

– È provare a curare donne tutto il giorno –. Si accese una sigaretta e gliene offrí una. Lei rifiutò.

– Però... tipo... te la porti dietro la professione? Cioè, facciamo un esempio: stasera hai conosciuto me. Ti è capitato durante la cena di provare a capire se ho qualche malattia o qualche predisposizione?

– Sí, confesso che l'ho fatto.

– E?

– E mi sono fatto un'idea ma per gli accertamenti ti dovrei fare una visita completa. Andrebbe bene adesso?

– Io ho sempre provato fastidio quando qualche medico mi guardava. Voi avete delle informazioni che noi non abbiamo.

– Medici contro il resto del mondo?

– C'è quella sensazione bruttissima che da uno sguardo alla pelle, all'iride, alla postura, voi capite come siamo messi. E non ci dite mai tutto quello che pensate. Vi tenete i vostri segreti. Insomma, io mi sento sempre fin troppo esposta.

– E pensare che volevo fare il ginecologo.

Dalla camera arrivarono alcuni rumori. Lui si mise a imitare i gemiti di Teresa. Diana rise. Rideva bene, pensò il medico.

Andò verso il bancone bar. Gian Maria aveva una passione esclusiva per i whisky torbati. Sulla mensola dentro il bancone c'era un espositore per preservativi. Lo alzò per mostrarlo a Diana.

– Ecco perché mi ha detto di servirmi da solo prima: ci teneva assolutamente che lo vedessi.

La ragazza rise ancora.

– La tua fidanzata esce con le amiche il venerdí sera?

– Vuoi che ti faccia vedere la sua foto? – Sentí che non venne fuori spiritoso come avrebbe voluto.

– Come mai non hai la ragazza?

– Vuoi che ti faccia vedere la foto o no?

Diana pensò che non aveva avuto alcuna intenzione di entrare in quell'argomento ma adesso ci si era ritrovata.

– Perché non mi chiedi del mio ragazzo?

– Devo avere la foto anche di quello.

– Non ce l'ho il ragazzo.

– Ti confesso, allora, che neanch'io ho la sua foto.

Si sentirono improvvisamente come ricacciati a prima della cena. Lui sorseggiava e guardava verso la porta della camera, lei osservava il suo stesso piede lisciare il pavimento. Il medico ruppe l'impasse, posò il bicchiere sul bancone e andò di scatto a sedersi di fianco alla ragazza. Si guardarono per un po'. Lei si fece avanti per baciarlo. Il medico rispose con molto pudore.

Bacia come farebbe un ragazzino, pensò Diana, anzi, come se non l'avesse mai fatto. In qualche modo la cosa la eccitò. L'abbracciò piú forte e si dedicò solo a quello: un bacio che sembrava non volesse finire. Lo costrinse, quasi, a partecipare. Sentiva adesso quanto anche lui fosse eccitato. Di colpo lui disse:

– Io mi fermo qui.

Si era rialzato a sedere, sistemandosi un po', l'eccitazione evidente. All'inizio Diana pensò a uno scherzo, ma poi notò che lui era un fascio di nervi. Allungò ancora la bocca verso la sua ma lui mise una mano in mezzo. Le sembrava che, addirittura, tremasse.

– Be', possiamo sempre restare amici, – disse lei un po' caustica. Lui fece di sí con la testa. Non sembrava la risposta a una battuta.

– Che cosa c'è? – chiese seria.

Lui piano piano si sdraiò e le posò la testa sul grembo. Diana, totalmente spiazzata, restò con le braccia a mezz'aria. Il dottore si era raggomitolato, stava effettivamente tremando. Lei cominciò a passargli le mani fra i capelli. Dopo pochi minuti lui dormiva. Non tremava piú.

Quando si svegliò, vide che adesso era lei a dormire sodo. Con delicatezza, da seduta che era, la fece sdraiare. Le tolse le scarpe e la gonna. Le accarezzò la guancia. Lei non mosse un muscolo.

– Ti va di vedere un film? – disse con un filo di voce. Si avvicinò a una pila di dvd di fianco alla tele. – Questi li ho visti tutti. Potremmo rivedere *Il cacciatore*, – continuò sottovoce mostrando il dvd alla ragazza addormentata. Lo inserí nel lettore. Accese lo schermo. Lasciò il film in inglese a un volume appena avvertibile. Tornò sul divano. – Va bene, dài, chiedi pure. Cosa volevi sapere delle puttane?

La ragazza aveva il respiro grosso del sonno profondo.

– No, che non sono irritato... è che già il fatto che le chiami puttane... sembra che ci sia un po' di giudizio su di me... va be', hai ragione tu... chiamarle prostitute o escort fa ridere...

Robert De Niro, Christopher Walken e John Savage che salutano gli altri operai della fonderia l'ultimo giorno di lavoro prima di partire per il Vietnam. La loro allegria.

– ...dici che ho la coda di paglia? È chiaro che un po' mi imbarazza... No, non mi vergogno. Solo non sono a mio agio a parlarne con te.

Schiacciò l'avanti veloce fino alla festa del matrimonio di Savage. Le due gocce di vino cadute dal doppio calice alzato dagli sposi sul vestito bianco di lei. De Niro che corre nudo per strada. Si sdraia per terra sotto il canestro di un campo senza recinzione.

– Mi devi fare domande piú precise...

Diana, nel sonno, emetteva un lieve sibilo.

– No che non mi imbarazza pagare... cosa vuol dire che potrei avere di meglio da qualcun'altra e anche gratis?... Bisognerebbe intendersi su quel concetto di meglio... mi sa che stiamo parlando di cose completamente diverse...

Savage a casa per la sua prima notte di nozze. I cinque amici a caccia. Un colpo solo.

– E in piú ti dirò che finalmente sto facendo i miei reclami... esigo il giusto corrispettivo rispetto a quello che pago... ieri l'altro quella mi fa: per settanta euro cosa volevi l'amore?... No, bastava che spegnessi la televisione... Eravamo in un appartamento e questa mi dava le spalle e guardava i cartoni. Le ho detto spegni e lei ha solo abbassato il volume. Il letto sbatteva contro il muro. Lei mi fa:

piano. Io andavo avanti e lei... Ho detto piano che i vicini chiamano la polizia... Ma, scusa, questa è l'ultima delle cose che mi devi dire... mi era passata la voglia e la tipa la voleva chiudere cosí. E invece ha dovuto finire. Il giusto corrispettivo: mai piú niente di meno.

Nell'appartamento vicino qualcuno tirò lo sciacquone.

– Come dici?... No, non c'è qualcuna da cui vado piú spesso... anzi, non sono mai andato due volte con la stessa... Perché? Ma per un fatto tecnico: la prima volta che ci vai è sempre la migliore. Fanno di tutto perché diventi loro cliente.

Diana si era mossa e nel sonno aveva messo i piedi sulle gambe del dottorino. Lui rimase in silenzio un paio di minuti e poi, sempre sottovoce:

– Sí, è un po' piú complicato trovarne sempre una nuova. Ma è pieno di inserzioni. Oppure faccio le zone. Di recente attorno al parco di Trenno. Adesso va abbastanza il tipo con gli occhiali. Non so perché... ma è cosí.

La roulette russa. Tre pallottole in tamburo. Le vite salvate ma cambiate.

– Una media? No, non ho una media.

Le spostò delicatamente le gambe. Si alzò per cercare il bagno. La porta della camera di Gian Maria era socchiusa. Lui e Teresa dormivano abbracciati. Il bagno era la stanza appena oltre. Si sciacquò la faccia, se la asciugò. Se la lavò di nuovo e se la riasciugò. Se la sciacquò una terza volta. Rimase a guardarsi allo specchio mentre l'acqua colava.

Tornò sul divano. Riprese la posizione di prima, i piedi di Diana sulle gambe. Si mise a carezzarglieli stando ben attento a non svegliarla. Sullo schermo Christopher Walken aveva perso del tutto la strada di casa. Agganciato dal parassita francese.

– Be', Diana, questa è una signora domanda... ok, solo perché sei tu... la risposta è: no, se potessi non farei piú il medico... perché? perché un conto è la teoria e un conto la pratica. E la teoria era: ora vado e guarisco il mondo. La pratica è... lo sai... o almeno te lo puoi immaginare.

Andò avanti con lo skip: il ritorno a casa di De Niro. La storia con la Streep, le verità non dette su Walken. John Savage senza le gambe e il braccio sinistro.

– Mi chiedevi se mi porto la professione con me? Sí: la risposta è sí. Perché quando sei sempre di fronte alla malattia, ti sembra che tutto il mondo sia malattia. O almeno succede cosí a me.

Diana borbottò qualcosa nel sonno ridacchiando. Lui la guardò con tenerezza.

– Predisposizione. Predisposizione. La forza di stare a sentire anche tutti questi che non hanno niente ma che, a furia di credere di avere qualcosa, si ammaleranno davvero. E poi ci sono tutti gli immigrati che non sanno a chi rivolgersi. Qualsiasi problema abbiano, credi che chiamino la polizia? No, chiamano il dottore. E io cosa posso fare? Le visite a domicilio ormai sono un terno al lotto. Non riusciamo a spiegarci, a capirci. Molti di loro sono abituati a tutt'altro rapporto medico-paziente e io cosa faccio? Non ci vado? – Si teneva una mano sulla fronte. – Ci vado, ci vado. E due volte su tre mi ritrovo chiamato a risolvere delle beghe familiari.

Ancora lo skip: De Niro torna in Vietnam per cercare di salvare Walken. La roulette russa con lui.

Fece un lungo sospiro. Fissò per un po' i piedi di Diana.

– Stiamo lí... guardiamo le analisi... prescriviamo medicinali... altre analisi... leggiamo le condanne... Non sono sempre condanne a morte. A volte sono assoluzioni. Altre volte sono condanne a vite peggiori, piú limitate, costrette. Subiamo la rabbia dei pazienti che non guariscono abbastanza. Ci danno la colpa di sbagliarci in materie che non conoscono. Hanno sentito dire del miracolo fatto in un caso simile. Da noi vogliono la leggenda metropolitana, la speranza al lumicino, il nuovo esempio di caso impossibile guarito. Mentiamo ai pazienti se i parenti ce lo chiedono. Ci vuole predisposizione.

Il dottore procedeva con una certa stanchezza.

– Non me l'hanno data in dotazione tutta quella predisposizione. Un paio di giorni fa ho parlato con un amico ematologo. Non aveva potuto far niente per il padre. Capisci? Uno studia perché suo papà glielo permette e, come minimo, dovrebbe capire per tempo quando è malato, no? Un dottore lo dovrebbe poter salvare suo padre, no? Almeno suo padre...

Il funerale di Walken. Gli amici a cantare *God Bless America*. L'ultimo brindisi a Nick. I titoli di coda su una melodia per chitarra classica e archi.

– Non guariamo nessuno. Ho letto, analizzato altri tipi di medicina. Per integrare. Capire altri metodi di studio della malattia e altri modi per accerchiarla, sgominarla. Non guariamo nessuno. Ecco cosa penso. Ognuno si ammala e guarisce da solo. Noi siamo lí a porgere il cerottino o un po' di fiducia. Ci vuole moltissima stronza predisposizione ad andare avanti sapendo che fai cosí poco.

Il dvd era tornato sul menú principale. Spense lo schermo. Tirò su col naso. Gli bruciavano gli occhi. Fece un respiro lungo.

– E tu, Diana? Cosa mi dici di te?

Si era steso delicatamente di fianco a lei. Le mise un braccio attorno al seno. Si ritrovò sudato fradicio.

Gian Maria lo svegliò il mattino dopo. Ci mise un po' per capire dove fosse. Era ancora vestito. Le scarpe. Qualcuno gliele aveva tolte.

– Il sabato non lavori, no?

Ci pensò su un attimo, realizzò che effettivamente era sabato. Rispose di no.

– Meno male, sono le undici.

Gian Maria sparí in cucina. Arrivò odore di uova.

– Se sono per me lascia stare, grazie.

– Almeno un caffè, lo vorrai...

– Il caffè sí.

Raggiunse il suo paziente al tavolo in cucina.

– Non ti fai una doccia?
– Faccio tutto dopo a casa, grazie.
Accese una sigaretta per sé e una per il padrone di casa. Che era decisamente allegro.
– Le devo chiedere una consulenza medica, dutòr.
– Il preservativo è sempre meglio.
– Certo, la ringrazio molto. Ma la domanda non era quella.
– È meglio comunque.
– No, dài, è una domanda che ti devo fare da sempre –. Gian Maria sembrava ansioso.
– La risposta è: sí, sono impegnato, monogamo e il mio amore si chiama Ottavio.
– Seriamente: è vero che le malattie della prostata dipendono in buona parte da una troppo intensa attività sessuale?
– Hai letto una di quelle riviste sulla salute del maschio?
– Cosa te ne frega dove l'ho letta.
– La vuoi sapere una cosa?
– Se è la risposta giusta, sí.
– Io le statistiche mediche le butterei tutte nel cesso. Ognuno è un caso a sé.
Il paziente decise che era il caso di sentirsi sollevato.
– E poi, se anche fosse, di cosa ti dovresti preoccupare? Non sapevo neanche che ce l'avessi un'attività sessuale.
– Ah ah… Il dutòr si è svegliato spiritoso. Senti, ma a proposito, hai castigato stanotte?
– Tu cosa dici? – Pietro provò fastidio per la sua stessa voce.
– Sembrerebbe di sí, – disse Gian Maria mentre gli allungava un bigliettino.
C'erano il nome e il telefono di Diana. Il medico posò il biglietto sul tavolo ostentando un certo distacco. Trangugiò il caffè, si alzò, abbracciò il suo paziente, gli disse grazie di tutto, a buon rendere. Uscendo prese il bigliettino e con molta cura lo ripiegò e se lo mise in tasca.

Nel tragitto verso casa si controllò piú volte la faccia nello specchietto. Diede anche un'occhiata alla lingua. Era una bella mattina d'aprile. Peccato che le radio non passassero la canzone giusta per lui. A un semaforo si fermò dietro un'alfa romeo. Si fece verde ma la macchina non si muoveva. Al giallo il dottore suonò il clacson ma non successe nulla. Tornò il rosso. Visto da dietro il tipo sembrava un po' gracile, forse un vecchietto. Comunque era del tutto immobile. Ancora il verde.

Al giallo due macchine dietro di lui suonarono e poi sorpassarono attraversando l'incrocio. Si mise a tenere premuto il clacson per tutto il tempo del rosso e del verde. Altre macchine suonavano e passavano. Si fece un altro ciclo di rosso verde giallo rosso. La figura davanti continuava a non dare segni di vita. Scese dalla macchina e, piano, si avvicinò al tipo. Quando gli fu di fianco vide che, in realtà, era uno sui trentacinque.

L'automobilista era immobile, teso verso un punto non ben precisato ma sbatteva le palpebre e respirava. Il dottore bussò al finestrino mentre le macchine sfrecciavano con i vari conducenti a suonare e maledire. Il tizio non rispose. Lui continuò pazientemente a bussare a serie di tre tocchi. Nessuna risposta. Di fianco continuava la processione di insulti e di clacson.

All'improvviso l'automobilista si girò. Sembrava assolutamente sorpreso che qualcuno fosse lí. Il dottore gli fece cenno di abbassare il finestrino. L'ometto obbedí. Negli occhi sembrava avere qualche tipo di vuoto. I motori rombavano rabbiosi di fianco a loro. Il medico gli disse con molta delicatezza:

– Guarda che piú verde di cosí non viene.

L'uomo rimase col vuoto com'era ma rilasciò un sorriso o qualcosa che gli assomigliava. Rialzò il finestrino e tornò a guardare fisso davanti a sé. Il dottore lo guardò un po' e poi tornò verso la saab, le macchine a sfrecciare sempre piú vicino.

Si mise di nuovo al volante. Riaccese il motore. Mise il cambio in folle. Tirò il freno a mano. Spense la radio.

Prese in mano il bigliettino che aveva in tasca e lo aprí.

Rosso. Verde. Giallo. Rosso.

Meglio aspettare il momento giusto.

Rosso. Verde. Giallo. Rosso. Verde. Giallo.

Pioggia di stelle

Tanto non la vendo. E non l'affitto. Dicano pure quello che vogliono.

Hanno ragione? Sicuramente la Mara ha tutte le ragioni del mondo, che non ci stiamo dentro con lo stipendio e i due figli li abbiamo fatti – e meno male cosí – e, si sa, ogni giorno è sempre piú dura. Ma quella casa non la vendo. Né l'affitto. Faccio gli straordinari che posso e qualcosa m'inventerò.

La Mara e Fabio e la Marghe stanno dormendo. Vorrei anche vedere. Tutti dormono alle tre e mezzo, a parte me e quei pochi che fanno lavori balordi o non sanno dove sbattere la testa. Sai cosa c'è? C'è che adesso esco.

Dalla casa dove vivo a quella in cui vivevo ci sono millequattrocento passi. A seconda dei giorni e della lunghezza dei passi possono essere qualcuno di piú o di meno ma piazza Martiri la devi passare sempre. Come corso Garibaldi e vicolo dei Mille. E poi ci arrivi in questo cesso che guai chiamarla cosí di fronte ai miei quando ancora c'erano. Ma cesso è la parola giusta. Anche se non la vendo. Sempre che.

Come la chiameresti tu, altrimenti, una fetta di casa che si sviluppa su due piani ma non ce la fa a raggiungere i settanta metri quadri? Me lo vedo mio padre, io che ancora non c'ero, tutto eccitato a strappare il possibile da ogni nicchia nel garage e piantare mensole e pannelli. E costruire a mano i mobili della cucina. Con un cesso che era veramente un cesso. Un metro per tre, cabina doccia compresa e stufetta da azionare un quarto d'ora prima. La mia cameretta la ricavò da un corridoio tranciato a metà.

La loro, di camera, era quasi normale, se parliamo di dimensioni. Se parliamo della collezione di bambole di mia madre, meno. Bambole di ogni tipo e dimensione a impegnare il letto, padroneggiare il comò, occupare i comodini. Bambole sui tappetini. Bambole penzoloni sull'armadio. Me lo vedo anche lí, mio padre, a spostarle e ammucchiarle sul pavimento, ogni volta che si voleva stendere. Ogni volta sorridente.

Io non lo so cosa c'avessero quei due. Sorridevano sempre. Mai sentiti darsi addosso.

Mi facevano vergognare davanti agli amici, le poche volte che ne chiamavo qualcuno a casa, con le loro effusioni. Voglio dire, va bene essere innamorati ma esserlo tutta una vita e mostrarlo cosí... Anch'io e la Mara lo siamo, ma c'è modo e modo. Quelli erano entusiasti per ogni cosa. Poi uno dice, a diciott'anni te ne vai subito di casa. Mi mettevano in imbarazzo. Quando c'erano gli amici e quando non c'erano. Quei due colavano miele.

Non sto a rifare il giro delle stanze. Lo so che tutto è come prima. Solo piú consumato. Solo, l'umidità si sarà mangiata un altro po' d'intonaco. Non la vendo. Se domani non mi dicono stronzate riesco a non venderla.

E se tutta la casa era il loro orgoglio, cosa pensi provassero per il terrazzino? Per tutte quelle piante coccolate insieme? Per quella che si azzardavano a chiamare serra e il limone che dava frutti anche in un vaso, anche in un clima come il nostro?

Ora che piante non ce ne sono, qui è proprio un'altra cosa. Però vengo ogni tre giorni a togliere tutto il guano che i maledetti piccioni mi regalano a chili. Ma adesso non mi ci metto, anche se i bastardi me ne hanno già lasciato quasi un dito a terra.

Tiro fuori la sdraio e la apro. Ogni passo uno scricchiolio. Guano secco. Mi distendo. Solo cielo. Un signor cielo.

Chiudo la zip del giubbino. È in pelle rovinata. Mi piace perché fa pendant con la mia. Tutto il resto mi è largo. Scarpe, calzini, calzoni, maglietta e maglione. Tutto largo. Avrò bisogno di spazio. Ma in quello spazio si infila piú agevolmente il freddo blu di questo novembre. Freddo secco. Cielo terso. Cosa c'entrano con noi a novembre? Dov'è finita la nebbia?

Attacco l'i-pod in modalità casuale. Eccolo il mio mazzo di tarocchi. Le mie divinazioni. Predicetemi il futuro.

La voce è quella di David Crosby. Con lui c'è un figlio che ha da poco scoperto di avere concepito con qualcuna – cosí – piú di vent'anni prima. Un figlio nuovo di piú di vent'anni. Che suona. L'ha tirato dentro il disco. Penso alla vita di Crosby, o meglio a quello che ne immagino. Penso a com'è gentile questa musica cantata da una voce cosí gentile. Armonie insolite e complesse. Anche qui ci sono spazi larghi. Il freddo, però, di lí non passa. Interpreto il mio tarocco.

Gli astronomi si sono raccomandati: guardatela sta pioggia di stelle perché se ne riparla fra trentatre anni circa. Pronti! Ne hanno viste cadere un sacco la notte scorsa. Chissà ora che le aspetto io.

Le luci sono tutte spente, che si vede meglio.

Perché ognuno è dentro un sogno o dentro qualcun altro. Dentro il suo guaio. Ognuno è comunque dentro qualcosa.

La chiesa di San Francesco, lí sotto, quella sí che è illuminata. E non posso mica spegnerla per le stelle. Ma neanche vorrei.

Tiro una boccata dalla canna. Me ne intendo poco ma quest'erba qua mi sembra amara e un po' triste. Però gli occhi adesso si stanno abituando e vedo sempre piú stelle. Tutte ferme.

Il freddo continua a pizzicare, sale per i calzoni e si attacca in centinaia di laccetti alle gambe. Si scalda appena sotto la trachea a ogni respiro, mentre Crosby festeggia con suo figlio le sorprese della vita. E non è mica *If I Could Only Remember My Name* ma non deve neanche esserlo.

La Mara cerca di non farsi vedere preoccupata. Tutta la fiducia che mi trasmette. Fiducia sfacciata che vince gli eventi. Non se ne lascia intimorire. Non accetta minaccia. E dorme, lei, con la fiducia lanzichenecca davanti alla porta.

Quei due mi hanno avuto a quarantun anni. Quando ormai non ci speravano piú. È successo proprio il piano sotto di me. Mio padre, quella notte, avrà spostato come ogni altra notte le bambole mentre mia madre si sistemava al freddo del bagno. Non sono mai riuscito a visualizzare qualcosa di speciale la notte che hanno concepito me.

Balordi che non erano altro. Tutto il giorno appiccicati l'uno all'altra e gnigní e gnegné. Troppo tempo mano nella mano. Tutta quell'allegria sbattuta in faccia al mondo. Alla faccia del mondo.

Ora sta andando Rickie Lee Jones. Un'altra sopravvissuta a se stessa. Un altro tarocco per me. Prendiamolo per un buon segno. *Skeletons* da *Pirates* gran pezzo da gran album. Lei ha fatto un concerto, a cinquecento metri da qui, la sera in cui l'Italia vinceva i mondiali in Spagna. Intempestiva. Cosa mi stai dicendo tarocco?

Adesso che ci faccio caso ci sono anche un paio di tv accese.

Dentro l'insonnia. Dentro i conti. Dentro un po' di libertà. Comunque non se ne muove una. Di stelle.

Era troppo per me vedere quei due che appena svegli erano già assurdamente felici. L'avventura di un nuovo giorno. Chi ci crederebbe, a dirlo in giro, che esiste gente cosí? Eppure non fingevano. Ma anche se erano veri nessuno voleva credergli. Un esempio scomodo. Da evitare. Troppo difficile da eguagliare.

Mi sento come se fossi in un panino. Sopra di me un cielo di stelle che non cadono. E sotto di me la sdraio, sotto la sdraio il guano, sotto il guano il terrazzino, sotto il terrazzino la mia e la loro camera. E sotto ancora la cucina e il cesso e piú sotto il garage. Sotto il garage la buccia di un mondo che per loro era una promessa mantenuta. Non la vendo questa casa.

L'erba mi fa un po' allargare la testa. La fa lottare con la compressione del freddo.

Mi viene in mente una bocca.

Divertente e divertita. Giocosa. A scaldarmi da un sottozero che ghiaccia pure i peli. Una bocca crocerossina a succhiarmi via un po' di veleno. Per non sputarlo fuori. Per condividerlo crocerossinamente. O dimostrarmi che non c'è veleno.

Una bocca generosa a tirarmi verso queste stelle. Che dicono che siamo un tutt'uno.

Come se fosse facile. Una bocca che ride e che fa ridere. Poi, attorno a quella bocca, vedo la faccia della Mara. Pensa te gli effetti che non fa questa casa.

Le parole di Rickie Lee Jones bisogna guadagnarsele, te le dice sottovoce.

La canna mi si è spenta. La riaccendo. Muovo solo i muscoli del braccio e della mano che la tiene. La faccio dondolare piano, a tempo. L'avvicino alla bocca per un altro tiro un po' amaro. Visualizzo l'aria e il fumo che entrano e fanno il loro giro. Espiro a lungo con grande parsimonia. A fine corsa faccio una lunga apnea.

La pelle della faccia si sta comportando bene con sto gelo, sta tenendo. Rovinata o no, è pelle coriacea, spessa.

Mara direbbe: per non fare uscire troppo, per non fare entrare troppo.

A pensarci bene ecco perché c'era lei attorno alla bocca di prima: mi ha sempre fatto da crocerossina. E, in merito, lavoro da fare gliene ho sempre dato molto. Fiducia, fiducia, fiducia. In questi giorni nemmeno la sua riusciva a bastare. Nonostante tutti i suoi sforzi. Anzi, pensandoci, probabilmente mi ha sentito uscire. Non mi ha detto niente solo perché voleva dimostrarmi la sua tranquillità, quella di una che riesce a dormirci sopra. Va be', fra poche ore sapremo e buona lí.

Ora l'i-pod mi manda un pezzo dei Blue Nile. Leggo sul display. L'album è *Peace at Last* il pezzo *Tomorrow Morning*.

Tomorrow Morning.

Cosa mi sta dicendo il mio mazzo di tarocchi musicale?

Come si fa a morire cosí? Ero venuto a salutarvi ma tu, papà, eri al bocciodromo. E te, mamma, che avevi una cosí brutta cera ma dicevi non è niente non è niente. Come fai a dire non è niente? Cos'hai? Cosa ti senti? Niente, ancora, niente. È andata avanti cosí finché non ti sei rassegnata e hai lasciato che ti portassi all'ospedale. Non chiamare papà, dicevi. Ma appena ho potuto ho avvisato la Mara che lo cercasse. Il dottore ha detto subito che la situazione era seria. Tu non hai sentito ma sei riuscita a capirlo lo stesso e allora mi hai detto di chiamare papà. Cosí ho richiamato Mara perché facesse presto e lei mi dice che sta arrivando da me. Non aveva fatto in tempo a dirgli niente. Prima che lei arrivasse al bocciodromo, papà si era sentito male e i suoi amici avevano chiamato l'ambulanza e a quest'ora doveva essere già lí.

Eravate tutti e due nello stesso ospedale, in stanze diverse. Nessuno di voi due sapeva dell'altro. Prima te, papà, e poi te, mamma. Ve ne siete andati a distanza di sei ore l'uno dall'altra.

Siete finiti sulla locandina di un paio di giornali locali: *Muoiono insieme dopo aver convissuto per cinquantasette anni*.

Non avevate proprio nessun pudore dei vostri sentimenti. Come Mara. Come Fabio e la Marghe ma loro sono piccoli e quindi fuori gara.

Se io ne avessi meno, di pudore, mi metterei a pregare. Ma sono sicuro che c'è la fila, davanti a qualche dio, di gente che si fa viva solo quando ne ha bisogno o è disperata e chiede qualche tipo di miracolo. Promesse di grandi cambiamenti e pentimenti. In cambio. Come se di quel baratto lassú se ne facessero qualcosa.

Io pentimenti no, ma proponimenti ne faccio a voglia.

Non tanto a lui – che comunque se c'è li sente anche se non li esprimo a voce – quanto a me.

Poi, casomai, domani le analisi dicono che vado abbastanza bene e i miei proponimenti li mantengo un paio di settimane per poi tornare stronzo come prima.

Non ne cade una.

Si è accesa la luce di una finestra. Probabilmente un bagno.

Incrocio braccia e gambe e allungo la testa all'indietro. Il beat del pezzo che sta andando è lo stesso del cuore.

Il mio almeno.

Il mio di questo momento.

Regolare.

Niente extrasistole.

Niente aritmie.

E mentre il tarocco che viene ora scoperto dal lettore mp3 è *Superstition* di Stevie Wonder – e qualcosa significherà – volevo dirvi mamma e papà che questa notte, fortunatamente, non mi siete mancati e che i vostri segreti, da qui, sembrano avere una breccia.

E che se proprio domani il dottore mi dirà quello che non mi dovrebbe dire, c'è sempre un ventuno per cento di possibilità di guarigione e state pur certi, voi, la Mara e i piccoli che io sarò uno di quei ventuno su cento.

E che resto qui a fare la guardia.

E se anche le stelle non sono ancora cadute vedrete che nei prossimi tre minuti ne sfrecceranno almeno un paio ma, se anche cosí non fosse, tutto sommato possono stare pure ferme se vogliono.

Che siamo piú sicuri.

Perché a conti fatti, mamma e papà, volevo dirvi che me lo merito questo mondo.

E addirittura, forse, lui merita me.

Indice

Stampato per conto della Casa editrice Einaudi
presso Mondadori Printing S.p.a., Stabilimento N. S. M., Cles (Trento)

C.L. 21319

Ristampa — Anno

1 2 3 4 5 6 — 2012 2013 2014 2015